Emil Quandt

Anna Maria von Schürmann, die Jungfrau von Utrecht

Ein christliches Lebensbild aus dem 17. Jahrhundert

Emil Quandt

Anna Maria von Schürmann, die Jungfrau von Utrecht
Ein christliches Lebensbild aus dem 17. Jahrhundert

ISBN/EAN: 9783743457362

Hergestellt in Europa, USA, Kanada, Australien, Japan

Cover: Foto ©Raphael Reischuk / pixelio.de

Emil Quandt

Anna Maria von Schürmann, die Jungfrau von Utrecht

Anna Maria von Schürmann,
die Jungfrau von Utrecht.

Anna Maria von Schürmann,

die Jungfrau von Utrecht.

Ein christliches Lebensbild aus dem 17. Jahrhundert,

geschildert

von

Emil Quandt,
Pastor der deutsch-evangelischen Gemeinde im Haag.

Berlin, 1871.
Verlag von Wiegandt und Grieben.

Vorrede.

Das stammverwandte Niederland pflegt in deutschen Gemälde=
gallerien sehr reichlich, in deutschen Gallerien christlicher Frauen=
bilder dagegen sehr sparsam oder gar nicht vertreten zu sein. Luise
Henriette, die fromme brandenburgische Kurfürstin, stammt zwar
aus Niederland; aber ihr Bild pflegen wir, und wir haben
guten Grund dazu, unter die Bilder **deutscher** Frauen ein=
zureihen.

Der Verfasser hat, seitdem er in dem ihm sehr theuren
Niederland wohnt, nicht nur Gelegenheit gehabt, unter dem jetzt
lebenden Geschlechte ehrwürdigen niederländischen Frauengestalten
zu begegnen, barmherzigen Samariterinnen, gedankenvollen Ma=
rien, emsigen Tabeen, sondern auch aus den Blättern nieder=
ländischer Geschichte gottselige Frauencharaktere vergangener
Zeiten kennen zu lernen. Fürwahr es hat in Niederland seit
den Tagen der Reformation zu keiner Zeit an solchen christlichen
Frauen und Jungfrauen gefehlt, deren Bilder es werth sind,
auch in deutschen Rahmen gefaßt zu werden.

Den frommen Reigen eröffnet Wendelmoet Klaes=
dochter von Monnikkenbam, eine christliche Heldin, die im
Jahre 1525 um ihres evangelischen Bekenntnisses willen im

Haag lebendig verbrannt wurde. Von andern nennen wir nur die edle Wittfrau von Diemen, die, weil sie einem evangelischen Prediger Gastfreundschaft geschenkt hatte, im Jahre 1568 zu Utrecht enthauptet wurde; man zeigt noch heute zu Utrecht das Schwert, mit dem die fromme Wittwe getödtet worden ist. Ferner Kenan Simons Hasselaer, die glaubensmuthige Heldin von Haarlem, und Maria Reigersberg, die vielgetreue, gemüthvolle Gattin des berühmten Staatsmanns und Theologen Hugo Grotius. Die anziehendste und reichste christliche Frauengestalt von Niederland ist ohne Frage Anna Maria von Schürmann, die Jungfrau von Utrecht; ihr Lebensbild verdient vor allen andern einen Platz in unserer Gallerie von Lebensbildern christlicher Frauen und Jungfrauen.

Das Leben der berühmten Jungfrau von Utrecht ist zwar öfters schon von deutschen Federn gezeichnet worden, am ausführlichsten von dem Kirchen-Historiker J. M. Schröckh in seinen Lebensbeschreibungen berühmter Gelehrten 1796, und von Dr. E. von Münch in seinen Margariten, Frauencharaktere aus älterer und neuerer Zeit 1840; allein Schröckh's Darstellung hat doch einigermaßen den Fehler des Alters, und Münch schildert nicht die Christin, sondern die gelehrte Dame, deren Pietismus ihm gar nicht bequem ist. Die Christin nun hat Max Göbel zwar in seiner Geschichte des christlichen Lebens in der rheinisch-westfälischen evangelischen Kirche ganz vortrefflich geschildert; aber seine Schilderung umfaßt nur neun Seiten (ein kurzer Auszug daraus ist in der Herzogschen Encyclopädie gegeben). Der Verfasser stimmt in Urtheil und Auffassung bis auf einen einzigen Punkt vollständig mit Max Göbel überein, giebt aber in diesen Blättern eine bedeutend ausführlichere und auf selbständiger Forschung beruhende, wenn auch sehr anspruchslose Skizze des Lebensganges der niederländischen Jungfrau. Seine Quellen waren vor Allem die Selbstbiographie, die Anna von Schürmann in ihrer lateinischen Eukleria gegeben hat; sodann Yvon's Oprecht Verhaal van het leven, gedragen en gevoelen van wylen den heer Joh. de Labadie, Amsterdam 1754, welches Werk sehr reichliche, höchst wahrscheinlich von Anna von Schürmann selbst herrührende Mittheilungen über ihr Leben enthält; ferner was der alte holländische Dichter Cats über Anna von Schürmann sagt, und endlich was der holländische Gelehrte Dr. Schotel in einer äußerst fleißig geschriebenen holländischen Schrift (1853) über Anna von Schürmann's Wirken und Werke veröffentlicht hat. Von den kleineren Schriften, die der Verfasser zu seiner Orientirung durchgelesen hat, hebt er mit Dank hervor die historische Novelle seiner Stadtgenossin, der Frau Bosboom-Toussaint: Eene herinnering aan eene beroemde vrouw.

Der Verfasser schreibt den Namen der Jungfrau von Utrecht, wie ihn Göbel schreibt: „Schürmann"; es ist dies der bei uns Deutschen einmal naturgemäß eingebürgerte Name. Anna Maria selbst schrieb ihren Namen auf dreierlei Weise: van Schurman (holländisch), de Schurman (französisch), a' Schurman (lateinisch). Die Aussprache des holländischen Namens Schurman wird im Deutschen eben am besten und einfachsten wiedergegeben durch die Schreibweise Schürmann.

Es hat, ich weiß nicht wer, gesagt, daß man das Leben derer, die zur Elite der Menschheit gehören, ohne eine Art von Enthusiasmus und Begeisterung weder lesen noch beschreiben könne. Der Verfasser hat diese Skizze des Lebens einer großen und ehrwürdigen Frau zwar ohne Enthusiasmus, aber mit lebhafter Freude niedergeschrieben, von der er seinen Leserinnen und Lesern auch ihren Theil wünscht, mit herzlicher Freude nämlich an dem Rieseln und Plätschern eines klaren Lebensbaches, der, nachdem er lange sonnige Auen bewässert und befeuchtet hat, sich plötzlich vor dem äußeren Auge im Sande zu verlieren scheint (wie der deutsche Rhein, der auch niederländisch ist, in der geographischen Fabel), während das innere Auge ihn doch in das lebendige Meer der ewigen Herrlichkeit einmünden sieht.

Haag in den Niederlanden, in der Epiphaniaszeit 1871.

Der Verfasser.

Inhalt.

Erstes Kapitel.	Anna's Kinderjahre	1
Zweites Kapitel.	Anna's gelehrte Jugend	12
Drittes Kapitel.	Anna's Ruhm	24
Viertes Kapitel.	Anna's frommes Stillleben	36
Fünftes Kapitel.	Johannes von Lababie	48
Sechstes Kapitel.	Anna's Uebertritt zum Labadismus	59
Siebentes Kapitel.	Anna's Pilgerreise durch Deutschland	70
Achtes Kapitel.	Anna's Culleria	82
Neuntes Kapitel.	Anna's Lebensabend	94

Erstes Kapitel.

Anna's Kinderjahre.

Die Wiege der großen niederländischen Jungfrau hat in demselben Lande gestanden, in welchem auch die Wiege des größten niederländischen Staatsmannes und die des größten niederländischen Dichters standen, in Deutschland. Wilhelm der Schweiger, wie die Niederländer ihren großen Oranier nennen, sagt zu Anfang des niederländischen Nationalliedes von sich selbst: „Wilhelmus von Nassauen bin ich, aus deutschem Blut," er ist zu Dillenburg geboren. Joost van den Vondel, den die Niederländer als ihren Shakespeare preisen, ist in Köln am Rhein geboren. In Köln ist auch Anna Maria von Schürmann, die vielgepriesene Jungfrau von Utrecht, geboren; ein etwas überschwänglicher deutscher Schriftsteller des achtzehnten Jahrhunderts preist Köln deswegen glücklich und sagt: „Das kölnische Gebiet bleibt wegen der glückseligen Geburt dieses abligen Frauenzimmers nun ewig geadelt."

Anna's väterliches Geschlecht freilich stammte aus den Niederlanden. Ihr Großvater Friedrich von Schürmann war seiner Zeit ein vornehmer und wohlbegüterter Herr in der großen und reichen Handelsstadt Antwerpen gewesen, vermählt mit einem Fräulein Clara von Lemens aus dem gräflichen Hause derer von Lümey. Da er der reinen Lehre des Evangeliums, wie sie durch die Reformation wieder an's Licht gezogen war, zugethan gewesen war, so hatte er unter dem strengkatholischen Regiment des berüchtigten Herzogs Alba, dessen grausames Walten uns Schiller's „Abfall der Niederlande" so lebendig schildert, im Jahre 1568 aus Antwerpen flüchten müssen. Er wählte Frankfurt am Main zu seiner Zufluchtsstätte, verließ es aber bald, um nach Hamburg überzusiedeln, und kam von da im Jahre 1593 nach Köln, wo er sich mit seiner ganzen Familie in die dortige niederländisch-reformirte Gemeinde, die ungefähr dreihundert Glieder zählte, aufnehmen ließ. Er starb noch in demselben Jahre, in welchem er nach Köln zog; sein Sohn Friedrich von Schürmann, der im Jahre 1564 in Antwerpen geboren war, ist der Vater unsrer Anna.

Mütterlicherseits war Anna aus echtem deutschem Blut. Ihr Großvater von mütterlicher Seite war ein Herr von Harf in Neuß; derselbe war durch seine fromme Gattin Lucie Slaun, welche um das Jahr 1542 durch den bekannten Reformator Martin Bucer (auch einen der großen deutschen Männer, die aus dem Elsaß stammen), den Herrn gefunden hatte, für die gute Sache der Reformation gewonnen. Als nun Spanier und Wallonen im Jahre 1586 Neuß besetzten, flüchtete er mit seiner Familie nach Köln; und als er hier die Nachricht erhielt, daß der Herzog von Parma die Stadt in Asche gelegt habe und das, was er an Gütern dort zurückgelassen, eine Beute des Feuers und der Feinde geworden sei, sprach er die schönen Worte: „Es waren vergängliche Güter, das beste Gut behalte ich. Nie wird die Flamme das Wort Gottes in meinem Herzen verbrennen können!" Dieses edlen, glaubensvollen Mannes Tochter Eva vermählte sich mit Friedrich von Schürmann und wurde so die Mutter unsrer Anna.

Anna's Eltern Friedrich von Schürmann und Eva von Harf verbanden mit dem auswendigen Abel, den sie von ihren Ahnen ererbt hatten, den inwendigen Adel, den ein gottseliges Leben im Glauben und in der Heiligung giebt; wie weiland Zacharias und Elisabeth, so wandelten sie fromm vor Gott in Gottes Geboten und Satzungen. Gott segnete ihnen den heiligen Ehestand mit vier Kindern. Der Erstgeborne war Heinrich Friedrich, er starb als Frühvollendeter im Alter von neunundzwanzig Jahren, im Leben und im Sterben ein treuer Jünger und Bekenner seines Herrn. Das zweite Kind war wieder ein Sohn, Johann Gottschalk, er ist für das Leben Anna's sehr bedeutend, und, wenn man will, verhängnißvoll geworden; wir werden von ihm noch Manches zu erzählen haben. Das dritte Kind war unsere Anna, ihrer Eltern einzige Tochter. Das vierte Kind, Wilhelm, gehörte zu den Kindern, von deren einem Uhland sagt: „Du kamst, du gingst, auf leichter Spur ein flücht'ger Gast im Erdenland, woher? wohin? wir wissen nur: aus Gottes Hand in Gottes Hand;" schon mit fünf Jahren allerinnigst seinem Heilande ergeben, ging dies Kind in seinem sechsten Lebensjahre selig heim.

Anna Maria, deren Lebensbild wir den freundlichen Leserinnen und Lesern auf diesen Blättern darbieten, ist geboren am 5. November 1607; zwei Jahrhunderte später (1807) starb an diesem Tage die Malerin Angelica Kauffmann. Anna's Namen wurden in das Taufregister der niederländisch-reformirten Gemeinde in Köln eingetragen, aber Anna verlebte in Köln nur ihre ersten zwei Lebensjahre. Denn schon im Anfang des Jahres 1610 verließ die Schürmann'sche Familie die rheinische Kurstadt, die ihr 17 Jahre lang ein ruhiges Asyl gewährt hatte, und sie verließ sie aller Wahrscheinlichkeit nach wegen der Verfolgungen, die um diese Zeit am deutschen Rhein über die Evangelischen hereinbrachen und dem Frieden ein Ende machten. Anna's Eltern zogen sich auf das Land zurück, in das nahe Jülichsche Gebiet und zwar, wie mit Recht vermuthet wird, auf das Schloß Dreiborn bei Schleiden, welches dem Harf'schen Geschlechte seit dem Jahre 1582 gehörte und in dessen Nähe ein evangelischer Pfarrer die Lehre der Reformatoren verkündigte. Bis zum Jahre 1615, also bis zum achten Lebensjahre Anna's, lebte die Schürmann'sche Familie in dieser ländlichen Zurückgezogenheit; im Jahre 1615 gab die Familie das Asyl in Dreiborn und den deutschen Boden überhaupt auf und wanderte in die Niederlande, nach denen das Heimweh im Herzen des Familienhauptes wohl immer sehr lebhaft gewesen war. In!den Niederlanden wurde zunächst Utrecht zum Wohnsitz erwählt, die Stadt, deren Namen sich bald auf immer mit dem Namen Anna's verbinden sollte.

Anna's gründlich gebildeter Vater sorgte im Verein mit seiner ihm gleichgesinnten Gattin sehr sorgfältig für Erziehung und Unterweisung seiner Kinder. Er selbst, fromm und gelehrt, wie er war, und frei von Pflichten eines öffentlichen Amtes oder Berufes, widmete sich aus allen seinen Kräften dem Unterricht der Kleinen, nahm sich indeß doch auch noch einen ganz ausgezeichneten und treuen Hauslehrer zum Gehülfen. Obenan stand ihm wie für sich selbst, so für seine Kinder die allerheiligste Religion Jesu Christi nach evangelischem Bekenntniß; gläubige, bibelfeste Kinder heranzubilden, war ausgesprochener Maßen höchster Zweck und beständiges Ziel seiner väterlichen Unterweisungen. Es war ein lebendiges und entschiedenes Christenthum, das in dieser Familie herrschte, deren Väter und Mütter für das evangelische Bekenntniß Haus und Hof hatten preisgeben müssen; in diesem lebendigen und thatkräftigen Christenthum wurde Anna mit ihren Brüdern erzogen. Anna aber hatte von zartester Kindheit an eine herzliche Lust an der Furcht des Herrn. „Ich leugne nicht," schrieb sie als fünfundsechzigjährige Greisin, daß ich von Kindesbeinen an einige echte Funken der Gottseligkeit im tiefsten Herzen brennen fühlte." Sie zählte kaum vier Jahre, als sie ihren Katechismus auswendig lernen mußte und konnte. Da saß sie einmal mit ihrer Wärterin im Grünen an einem plätschernden Bach und sagte ihr den Katechismus auf. „Was ist dein einiger Trost im Leben und im Sterben?" so hub die Wärterin an zu fragen. Die kleine Anna antwortete die auswendig gelernten Worte: „Daß ich mit Leib und Seel', beides im Leben und im Sterben, nicht mein, sondern meines getreuen Heilandes Jesu Christi eigen bin, — " weiter konnte sie nicht sprechen, nicht weil sie's nicht weiter auswendig gewußt hätte, sondern weil sie inwendig über diesen köstlichen Worten von einer so großen und süßen Freude und einer so brennenden Gluth der Liebe zu ihrem Heilande erfaßt wurde, daß der Eindruck davon nach ihrem eigenen Geständniß sie durch ihr ganzes Leben bis in ihr höchstes Alter hinein begleitet hat. Die heilige Flamme der kindlichen Liebe zum Herrn empfing bei ihr täglich neue Nahrung durch die Hausandachten des elterlichen Hauses, durch die heilige Schrift, in welcher täglich zu lesen sie sammt den Brüdern angehalten wurde und doch eigentlich nie angehalten zu werden brauchte, weil ihr Herz sie täglich zur Bibel zog, und ganz besonders auch durch die Geschichten der christlichen Märtyrer, die man ihr — unsere modernen Mährchenbücher für Kinder hatte man ja noch nicht — frühe neben der Bibel in die Hände gab. Das Beispiel der treuen Knechte und Mägde des Herrn, die für das Kreuz Christi alle Freuden und Wonnen dieses Lebens und das Leben selbst opferten, erfüllte ihre junge Seele mit frommer Bewunderung, und sie hatte im Alter von eilf Jahren keinen größeren Lieblingswunsch als den, daß sie von Gott gewürdigt werden möchte, für die Ehre seines Namens als Blutzeugin zu sterben. Der berühmte Gelehrte Erasmus von Rotterdam, in Niederland ein vielgepriesener Mann, war ihr schon damals unleidlich wegen seines spöttischen Wortes, das er einmal an Dr. Eck geschrieben und das sie irgendwo gelesen, „er sehne sich weder nach dem

Märtyrerthum, noch beneide er Jemand darum." Man muß ja sagen, das eilfjährige Kind, das nach dem Martyrium Verlangen trägt, ist ehrwürdiger, als der gelehrte Mann, der sich über solches Verlangen lustig macht; doch das evangelisch Richtige hat auch das Kind nicht erfaßt. Ein Kreuz, das man nach eigenem Gutdünken sich wünscht oder auflegt, hat keine Verheißung im Evangelium; es gilt, das Martyrium, oder welches Kreuz es auch sei, sich weder zu verbitten, noch zu erbitten. Der rechte Christ bleibt in der Mitten.

Wenn unter den Lectionen, die der Vater, die Mutter und der Lehrer dem Kinde gaben, Gottseligkeit und Frömmigkeit, soweit dies Lectionen sind, obenan standen, so wurde doch gleichzeitig das Kind auch zu Allem angeleitet, was lieblich und löblich und lernenswerth ist. Das Lesen in ihrer Muttersprache, der flämisch-niederdeutschen, hatte Anna schon mit drei Jahren vollständig inne; kaum konnte ihre kleine Hand die Feder führen, als sie auch sofort anfing, durch ihre wunderschönen Schriftzüge das Erstaunen der Ihrigen und der Bekannten des Hauses zu erregen. Anna wurde gemeinschaftlich mit ihren älteren Brüdern unterwiesen. In einer dieser gemeinschaftlichen Stunden, wo sie eine französische Lection hatte, die Brüder aber eine lateinische, bemerkte der Vater, wie Anna das Lateinische nebenher so gut aufgefaßt hatte, daß sie im Stande war, den Brüdern im Lateinischen fortzuhelfen, wenn sie nicht mehr weiter konnten. Da nahm der Vater denn auch das Töchterlein in den lateinischen Unterricht auf und entdeckte nun von Tag zu Tag mehr, welch' ein erstaunliches Sprachengenie in seiner Anna steckte. Es währte nicht lange, so konnte ihr der Vater mit Uebergehung aller leichteren lateinischen Schriftsteller den Seneca in die Hand geben; er that es mit dem Bemerken: „**Adler fangen keine Fliegen.**" Wie mit dem Lateinischen, ging es mit allem Andern; Anna's Geist war ein Acker, der allerlei Samen der

Bildung vertrug und zu hundertfältiger Frucht brachte. Im Hause, auf Feldwanderungen, auf Gartenpromenaden lernte Anna vom Vater und vom Lehrer wie spielend die Elemente, und mehr als die Elemente der griechischen, hebräischen, deutschen, englischen, französischen, italienischen Sprache, daß sie sich in allen diesen Sprachen, den alten wie den neuen, bald ohne Mühe mündlich und schriftlich verständlich machen konnte. Bei so hervorstechendem Sprachentalent sollte man meinen, daß das junge Mädchen für andere Zweige des Wissens geringere Begabung gehabt hätte; allein auch die Geographie, die Geschichte, die Mathematik, die Astronomie waren Felder, auf denen Anna von Anfang an mit Erfolg arbeitete. Sie war geradezu geschickt in Allem, was sie angriff; in der Musik leistete sie schon in sehr jungen Jahren Bedeutendes; als sechsjähriges Kind schnitt sie die lieblichsten Figuren aus Papier, wie es ihr Keiner nachmachen konnte; in ihrem achten Jahre hatte sie nur wenige Wochen nöthig, um die schönsten Blumen zeichnen zu lernen; im Alter von zehn Jahren lernte sie in nicht mehr als drei Stunden die kunstvollste Stickerei anzufertigen. Einst schnitt Anna mit einem gewöhnlichen Messer aus Buchsbaum das Bildniß ihrer Mutter, das eines ihrer Brüder und ihr eigenes, und dieses letztere fand der berühmte Maler Gerhard Honthorst so vortrefflich, daß er den Werth desselben auf mehr als tausend Gulden veranschlagte. Ein zweites Bild von ihr selbst verfertigte sie vor dem Spiegel, in Wachs, mit ganz ungemeiner Kunst und Lebenstreue; die wächsernen Perlen um den Hals hielt Jedermann für natürliche; sie hatte dreißig Tage daran gearbeitet; als eine ihrer Tanten es aus Unvorsichtigkeit fallen ließ, so daß es in Stücke ging, war Anna wohl einen Augenblick betrübt, tröstete sich aber sofort mit dem salomonischen Gedanken, daß Alles vergänglich sei. Nicht alle Kinder trösten sich so leicht.

Wenn nun aber doch selbst für das reifere und nachdenk= lichere Lebensalter mit dem Besitz großer Kunst und Wissenschaft die Gefahr der Ueberhebung über Andre nur allzu nahe ver= bunden ist, wie vielmehr drohte diese Gefahr für ein so junges Kind, wie Anna war; in der Jugend reizen Lob und Tadel ja am stärksten. Dank der frommen Erziehung, die unserer Anna im elterlichen Hause zu Theil ward, und Dank den frühen Er= fahrungen der Gnade, deren der Herr sie würdigte, bewahrte sie sich durch ihre ganze Kindheit hindurch die liebenswürdigste Be= scheidenheit. Bei allen ihren ausgezeichneten Künsten und Kennt= nissen blieb sie niedrig und klein in ihren eigenen Augen, und nur dann, wenn sie von Erwachsenen gradezu dazu genöthigt wurde, äußerte sie ihre Ansichten über Gegenstände, die jenseit des Gesichtskreises eines gewöhnlichen Kindes liegen. Wer Anna in den ersten vierzehn Jahren ihres Lebens nur oberflächlich kennen lernte, konnte gar nicht auf den Gedanken kommen, daß Gott sie mit einer so außerordentlichen Fülle von Gaben und Talenten ausgestattet habe, wie es in der That der Fall war. Bis zu ihrem vierzehnten Jahre hin blieb denn auch das Wunder= kind der großen Welt so ziemlich verborgen und blieb darum trotz aller Wunder ein Kind.

Es war Jacob Cats, Pensionaris von Holland, der große niederländische Dichter und Staatsmann, „Vater Cats," wie man ihn in Niederland nennt, der Anna's Namen zuerst in weitere Kreise trug. Als er einmal zu Besuch in Utrecht war, hatte er die Bekanntschaft des merkwürdigen Kindes gemacht, und als er nach dem Haag zurückgekehrt war, hielt er diese Bekanntschaft in fleißigem Briefwechsel fest. Der erste Brief, den Anna an ihren berühmten Haager Gönner schrieb, ist auch der erste, der von ihr gedruckt wurde und so in die Hände des großen Publikums kam. Er ist aus dem Jahre 1622, in klas= sischem Latein und blühendem Stil geschrieben, und möge hier als eine kleine Probe der seltenen Lebensreise, in welcher die noch nicht Fünfzehnjährige stand, eine Stelle finden. Er lautet in der Uebersetzung wie folgt: „Nichts in der That flößt größere Ehrfurcht und Liebe ein, als die Tugend. Sie, mein verehrter Freund, sind das lebendige Beispiel dafür; so wird und kann es mir Niemand übel deuten, daß ich Verehrung und Liebe für Sie fühle. Wären selbst die unvergleichlichen Gaben Ihres Geistes nicht so groß, wie sie es sind, dennoch würden Sie meine Anhänglichkeit reichlich verdienen durch die Güte, die Sie mir bewiesen haben. Dieser Ihrer Güte habe ich es zu danken, daß Sie, Ihres eigenen Ruhmes und Glanzes fast vergessend, Sich herabgelassen haben, nicht nur mich so freundlich zu besuchen, mich kennen zu lernen und meine geringen Studien zu prüfen, sondern auch mir dadurch so etwas wie gelehrten Ruf zu verschaffen. Dies zu verhehlen oder zu verschmähen, würde für ein edelmüthiges Mädchen, das eben erst angefangen hat, sich den Wissenschaften zu widmen, unziemlich sein. Empfangen Sie daher diese dürftigen Zeilen als einen Beweis meiner aufrichtigen Liebe und fortdauernden Hochachtung. Hiemit, bester Freund, wünsche ich Ihnen ein beständiges Lebewohl; gleich mir grüßen Sie meine lieben Eltern von ganzem Herzen und sammt Ihnen Ihre Gattin und Kinder." Der Schluß dieses ersten Briefes von Anna an Cats widerlegt am einfachsten den wunderlichen Liebesroman, den einige Schriftsteller mit großer Hartnäckigkeit unserer Anna im Verhältniß zu Cats andichten, als ob „Cats, von ihrem Geiste, ihrer Tugend und ihrer Liebenswürdigkeit hingerissen, ihr seine Hand angetragen habe." Cats war damals schon seit zwölf Jahren verheirathet und verlor seine geliebte Gattin erst nach anderen zwölf Jahren. Es war eine ganz andere, eine väterliche Liebe, die der große niederländische Dichter gegen die ungefähr dreißig Jahre jüngere Anna von Schürmann hatte; und in dieser Liebe ist er allerdings seiner jungen Freundin bis an sein Ende ergeben geblieben. Noch fünf Jahre vor seinem Tode hat er ihr seine sämmtlichen Werke mit Versen der Widmung übersandt; in der großen Amsterdam-Haager Ausgabe der Catsschen Werke, von 1726, die dem Verfasser vorliegt, findet sich ein großes und schönes Bild Annas, von zwei Engeln getragen, deren einer Annas Wahlspruch aufrollt: Der am Kreuz ist meine Liebe. Es kann nicht geleugnet werden, daß die Verse, in denen der große Dichter Anna besungen hat, zuweilen das Lob ihrer Talente überspannt; aber es ist nicht zu vergessen, daß man im siebzehnten Jahrhundert sowohl im Tadel, als auch im Lob stärker, um nicht zu sagen massiver war, als in unserm gemäßigten Jahrhunderte. Von andern Versen Cats auf Anna, die nicht blos die Besungene, sondern auch den Sänger ehren, heben wir hier nur folgenden heraus: „Die zarte Magd schwingt hoch des edlen Geistes Flügel; sie kennt Athen, sie kennt die Stadt der sieben Hügel; sie that im tiefen Schacht der Weisheit manchen Fund, doch Gottes Bibelwort bleibt ihrer Seele Grund."

Diese Verse gelten schon der zur gelehrten Jungfrau Herangereiften, wir kehren zu dem Kinde zurück. Als Anna ins sechszehnte Jahr ging, siedelte die Schürmannsche Familie von Utrecht nach dem friesischen Städtchen Franeker über. Dies Städtchen zog damals wegen seiner im Jahre 1585 gestifteten Universität Einheimische und Fremde an; jetzt ist die Universität in Franeker längst aufgehoben (durch Napoleon im Jahre 1811), aber in den beiden vorigen Jahrhunderten hat auch mancher deutsche Mann von gutem Namensklang dort studirt, wir nennen nur Fr. Ad. Lampe, den Dichter des bekannten Liedes: „Mein Leben ist ein Pilgrimstand." Anna's Vater fühlte sich nach Franeker besonders hingezogen durch den Professor Wilhelm Amesius, einen aus England vertriebenen frommen Theologen, welcher im Gegensatz gegen die meisten seiner damaligen theologischen Collegen Herzenstheologie statt Kopftheologie trieb und vertrat.

Daneben war die Uebersiedelung der Familie nach einer Universitätsstadt um des Sohnes Johann Gottschalk willen erwünscht, von dem die anderen Familienglieder sich nicht gern trennen mochten und der doch seine medicinischen Studien beginnen mußte. Im October 1623 war das neue Wohnhaus in Franeker bezogen, und am 30. October ließen sich Vater und Sohn zusammen, wie das damals wohl mehrfach geschah, als Studenten der philosophischen Facultät einschreiben. Aber nur der Sohn hat von der Universität zu Franeker Nutzen ziehen können; dem Vater ist es nicht vergönnt gewesen, auch nur einer einzigen Vorlesung des Professors Amesius beizuwohnen. Friedrich von Schürmann erkrankte unmittelbar, nachdem er noch einmal Student geworden war, und die Krankheit nahm zur schmerzlichen Ueberraschung der Seinigen sehr schnell einen tödtlichen Verlauf. Am 15. November schon wurde die Leiche im Chor der Martinskirche zu Franeker beigesetzt. Anna vergoß heiße Thränen am Grabe des geliebten Vaters; ach, sie hatten einen theuren Mann begraben, und ihr war er mehr. Ihm verdankte sie die erste und die nachhaltigste Pflege ihres reichen Geistes, ihm auch die Zucht und Vermahnung zum Herrn. Sie hatte ihm noch dicht vor seinem Tode einen besonderen Beweis ihrer kindlichen Liebe geben dürfen. Der Vater hatte sich je länger, je mehr seine besonderen Ansichten über die Ehe gebildet und glaubte, daß in den damaligen Zeiten — es waren die Zeiten des dreißigjährigen Krieges — es ähnlich wie in dem apostolischen Jahrhundert dem Christen heilsamer sei, ehelos zu bleiben. Diese seine Ansicht suchte er auch auf seine Kinder zu vererben; daher beschwor er auf seinem Sterbebette seine Tochter, im jungfräulichen Stande auszuharren, „damit sie sich nicht unvorsichtig in die Stricke der Welt fangen lasse." Wie hätte die Tochter dem Vater, der zugleich ihr erster Lehrer und bester Freund war, eine Bitte abschlagen können, die er mit sterbenden Lippen that? Sie gelobte, ihr Leben lang ledig zu bleiben, und sie hat ihr Gelübde treulich gehalten und alle Heirathsanträge, die ihr später gemacht wurden, abgewiesen. Dieser Vorgang am Sterbebette Friedrichs von Schürmann ist nicht ganz evangelisch, das ist wahr; aber er zeugt bei dem Vater, wie bei der Tochter von großem Ernst des Lebens. Es war in dieser ernsten Trauerzeit, da Anna sich das schöne Wort des alten Märtyrers Ignatius zum Wahlspruch ihres Lebens erwählte: „Der am Kreuz ist meine Liebe," ein Wort, das sich nicht nur bei ihrem Bilde in Cats Werken, sondern auch, von ihrer eigenen Hand geschrieben, auf vielen ihrer uns aufbewahrten Albumblätter, Schönschriften und Zeichnungen findet.

Nach dem Tode des Vaters blieb der studirende Sohn allein in Franeker zurück, die Mutter und die Tochter begaben sich wieder nach Utrecht. Anna aber hatte in Franeker nicht nur ihren Vater, sondern auch ihre Kindheit begraben. Sie kehrte nach Utrecht zurück als Jungfrau. Sie trat und wir treten jetzt mit ihr ein in ihre gelehrte Jugend.

Zweites Kapitel.
Anna's gelehrte Jugend.

An der Ecke des Voetiusgäßchens unweit des Domes in Utrecht steht ein ansehnliches Haus, das die Inschrift trägt: Die Wohnung der Jungfrau Schürmann. Hier hat Anna den größten Theil ihres Lebens hindurch ihr Heim gehabt; hier hat sie vom Tode ihres Vaters an ihre blühende Jugendzeit ganz und gar ihrem Gott und der Ausbildung der von Gott ihr geschenkten großartigen Talente gelebt. Man hat ihr Haus in Utrecht einen Tempel der zehnten Muse genannt, aber ihr Haus war mehr als ein Musentempel, ihr Haus war auch ein Bethaus.

Denn ihr Herz war ein betendes Herz. Es war ihr ein Ernst mit dem Wort, daß der am Kreuz ihre Liebe sei. Anna war schön von Gestalt; ihre von ihr selbst gemalten Bildnisse zeugen von ihren feinen Zügen, von ihren tiefen und geistvollen Augen, aus denen Ernst und Güte sprechen, von ihrer seelenvollen Lieblichkeit; sie ist von Vielen geliebt worden, aber ihr Herz schlug nicht für irdische Liebe, sondern vor des Heilands Augen schweben, das war ihrer Seele Leben. Schon Gottes Offenbarung in der Natur war ihr über die Maßen wichtig und herrlich. Sie war mit ihrem Bruder oft ganze Stunden lang in der Umgegend von Utrecht und Franeker umhergeschweift oder hatte ihn auch auf weitere Ausflüge in die schöne Gegend von Geldern begleitet, um Blumen und Pflanzen zu suchen und an ihnen die Größe Gottes im Kleinen zu bewundern; es war ihr ein lieber Vers, der aus dem Lateinischen übersetzt lautet: „Jegliches Kräutlein erzählt uns vom lebendigen Gott." Sie konnte ganze Stunden der Nacht dem Anschauen der goldenen Sterne des Himmels weihen und sich nicht satt sehen an den großen Wundern Gottes am Firmament. Aber sowohl die Blumen der Erde, als die Sterne des Himmels predigten ihr auch zugleich von dem, der im Anfang war bei dem Vater und durch den alle Dinge geworden sind, von Jesus Christus; und seine tiefe Niedrigkeit war ihr die größte Herrlichkeit. Zu ihm betete sie gemeinsam mit ihren Hausgenossen in ihren Morgen- und Abendandachten; für ihn sonderte sie sich wie Daniel täglich dreimal ab und schloß ihr Kämmerlein zu; ihm und dem Umgang mit ihm widmete sie vor Allem die Sonntage. Leider fand sie längere Zeit hindurch in den Kirchen Utrechts nicht die Erbauung, nach welcher sich ihr Herz sehnte. Sie war nämlich in der großen kirchlichen Geisterfehde, welche damals auf niederländischem Boden ausgekämpft wurde, mit ganzer Seele auf Seiten des rechtgläubigen reformirten Bekenntnisses, wie es zu Dortrecht formulirt war; auf den Utrechtschen Kanzeln aber hatten eine Zeit lang noch die Arminianer das Wort, und als sie immer mehr den Orthodoxen das Feld räumen mußten, kamen Vertreter der Rechtgläubigkeit auf, deren trockne und breite Predigtmanier für Anna auch nicht recht erbaulich war. Eine geistliche Entschädigung aber fand Anna in den Erbauungsstunden der erweckten Seelen, und volle geistliche Nahrung auch in der Kirche fand sie, seitdem Dr. Voetius Prediger in Utrecht geworden war. Geisbert Voetius war nicht nur ein großer und glänzender Vertheidiger der niederländisch-kirchlichen Rechtgläubigkeit und ein ungemein gelehrter Theologe, sondern er war zugleich auch ein persönlich sehr frommer Mann und tief von dem Bewußtsein durchdrungen, daß ein rechtgläubiges Bekenntniß nichts bedeutet ohne ein dem großen Gott hingegebenes Leben. In diesem Manne fand Anna, was ihr und den Ihrigen an Amesius so theuer war, und fand es in ihm in noch viel reicherem Maße, die Verbindung des rechten Glaubens, der geglaubt wird, mit dem rechten Glauben, mit dem geglaubt wird. Voetius wurde ihr Seelsorger und — zugleich ihr Hauptlehrer in der Theologie. Denn wie Anna war, mußte sie durch ihr Christenthum von selbst zum Studium der Theologie geführt werden. Sie hielt so hoch von der Theologie, wie Dr. Luther. Sie nannte sie die Königin aller Wissenschaften, die Krone aller Erkenntnisse. Mit Vorliebe war sie eine Jüngerin dieser königlichen Wissenschaft, und aus der Jüngerin wurde allmälig eine Meisterin. Die Grundsprachen der heiligen Schrift hatte sie schon in ihren Kinderjahren gründlichst gelernt, als Jungfrau brachte sie es darin so weit, daß sie von Vielen eine Doctorin der heiligen Sprachen genannt wurde. Sie liebte und übte das

Hebräische und Griechische, „weil," wie sie selber sagte, „dieselben die Sprachen des Wortes Gottes sind, welches immer der vornehmste Gegenstand unserer Gedanken sein muß, und weil diesen Sprachen keine Uebersetzung gleichkommt im einfältigen und erhabenen Ausdruck der göttlichen Geheimnisse." Einst traf sie der große Philosoph Descartes, dessen Philosophie damals ganz Europa von sich reden machte, in ihrem Studirzimmer bei dem Studium des alten Testaments nach dem hebräischen Urtext. Er äußerte sein Erstaunen darüber, daß ein Fräulein von solchem Geiste wie sie ihre Zeit mit dem Studium des Hebräischen verschwende. Anna suchte dem weltweisen Manne die große Wichtigkeit dieses Studiums für die Erkenntniß der göttlichen Wahrheit zu beweisen; aber Descartes erwiederte, ähnliche Ansichten habe er selbst früher gehabt und er habe auch angefangen, das erste Kapitel der Bibel, das Kapitel von der Schöpfung der Welt, im hebräischen Text zu lesen, allein so viel er dabei auch seine Gedanken angestrengt habe, so habe er sich doch bei dem mosaischen Bericht schlechterdings nichts Klares und Gescheidtes denken können; da habe er denn diese Sache seitdem vollständig aufgegeben. Anna fühlte sich bei dieser Auseinandersetzung des großen Philosophen in tiefster Seele verletzt, sie hütete sich, jemals wieder mit ihm in Verbindung zu treten, „Gott hat," so schreibt sie selbst über diese Unterredung, „mein Herz von diesem weltlichen Menschen abgewandt und sich seiner wie eines Stachels bedient, um mich zur Frömmigkeit und zur völligeren Hingabe an ihn zu treiben." Nächst dem, was Propheten und Apostel, getrieben vom heiligen Geist, geschrieben haben, las Anna mit Eifer, was die griechischen und lateinischen Kirchenväter zur Erbauung der alten Kirche literarisch gewirkt; in einem Lebensalter, in dem andere die meisten Kirchenväter nur dem Namen nach kennen oder doch ihre Schriften nur durchblättert haben, hatte Anna sie alle gelesen, ihren Geist in sich aufgenommen und die berühmtesten Stellen aus ihren Schriften, darunter ganze Kapitel, ihrem Gedächtniß so fest eingeprägt, daß sie in theologischen Gesprächen frei citiren konnte, wo theologische Männer erst lange nachschlagen mußten. Sie studirte mit nicht minderem Eifer und Erfolg die historische, die ethische, die dogmatische Theologie, und ihre theologischen Freunde meinten, daß, wenn sie ein Mann wäre, sich Niemand besser für eine theologische Professur eigne, als sie. Sie war ein Weib und hat darum nie das Katheder bestiegen, aber sie hat allerdings in jenen Jahren ihrer gelehrten Jugend mancherlei Theologisches geschrieben. Der im zweiten Decennium des vorigen Jahrhunderts verstorbene Pommersche General-Superintendent Joh. Friedrich Mayer besaß eine ganz kleine Bibliothek ihrer theologischen Schriften, namentlich eine Erklärung der Epistel Pauli an die Römer, eine mit sinnreichen und gelehrten Anmerkungen ausgestattete Erklärung von 1 Cor. 15, eine kleine Abhandlung über das Binden des Satans auf tausend Jahre nach der Offenbarung Johannis. Ihre bekannteste theologische Jugendschrift — alle andern sind äußerst selten geworden oder ganz und gar verschollen — ist eine Abhandlung, die den Titel führt: **Ueber den Markstein des Zieles und der Zeit unsers Lebens.** Von dieser Schrift mag hier ein Mehreres am Platze sein. Es lebte damals in Dortrecht als frommer Arzt und bewunderter Gelehrter Johann van Beverwyk, der unsere Anna sehr hoch schätzte und in lateinischer und griechischer Sprache einen lebhaften Briefwechsel mit ihr unterhielt. Dieser Mann forderte die bedeutendsten Philosophen und Theologen seiner Zeit heraus, ihm ihre Ansichten mitzutheilen über die Frage, ob das Lebensziel der menschlichen Natur unabänderlich von Gott voraus bestimmt sei oder nicht. Von einer großen Schaar gelehrter Männer des In- und Auslandes waren die Antworten schon eingelaufen, als Beverwyk dem Fräulein von

Schürmann seinen Wunsch zu erkennen gab, daß auch sie sich über diesen Gegenstand äußern möchte. Sie that es in zierlichem Latein, und Beverwyk fügte ihr Schriftstück zu denen der übrigen Gelehrten und ließ die ganze Sammlung drucken. Von allen gelehrten Antworten nun auf die Frage von dem Ziel des menschlichen Lebens erregte die von Anna's Hand das größte Aufsehn und fand eben so viel Bewunderer, als Tadler. Die Einen priesen ihren Aufsatz, in welchem sie mit einem großen Aufwand von theologischem Scharfsinn die Ansicht verfocht, daß das Ende jedes menschlichen Einzellebens durch einen unabänderlichen Rathschluß Gottes von Ewigkeit her festbestimmt sei, als das Gründlichste und Beste, was je über diese theologische Frage geschrieben worden sei; die Andern verwarfen ihn und schrieben dagegen, unter ihnen auch der große Straßburger Gottesgelehrte Joh. Jac. Dannhauer.

Wir haben die jugendliche Anna als Christin und Theologin kennen gelernt, wir dürfen aber nicht aus dem Auge verlieren, daß ihr die Theologie zwar das Erste, aber nicht Alles war. „Der Theologie gebührt die erste Stelle," schrieb sie an ihren Freund Rivet: „doch glaube ich, daß diejenigen die Majestät dieser Königin nicht hinlänglich einsehen, welche verlangen, daß sie allein und unbegleitet einhergehen soll; die Kenntniß vieler Sprachen schafft besonders einen wichtigen Nutzen." Ihre philologischen Studien hielten mit ihren theologischen gleichen Schritt. Die als Kind ihre lateinische Lectüre mit Seneca begonnen hatte, durchlas als Jungfrau Cicero, Plinius, Livius, Tacitus, Sueton und die andern lateinischen Klassiker. Im schriftlichen Gebrauch der lateinischen Sprache kam sie bald den größten Gelehrten ihrer Zeit gleich, wenn sie dieselben nicht übertraf; in Gesprächen wissenschaftlicher Art, welche damals in allen Ländern in lateinischer Sprache geführt wurden, war sie bald die anerkannte Meisterin der lateinischen Sprache. In gleicher Weise machte sie sich die Sprache der Griechen zu eigen. Sie lernte Homer's Gedichte auswendig und übersetzte sie theilweise in's Holländische; sie las der Reihe nach die übrigen griechischen Dichter, die Geschichtsschreiber, die Philosophen, und die geflügelten Worte der griechischen Denker und Dichter flossen ihr wie Sprüchwörter über die Lippen. Vor andern Griechen war ihr Aristoteles werth, und sie schrieb philologische Bemerkungen zu seinen Schriften. Ihre Liebe zur hebräischen Sprache führte sie weiter zum Studium der orientalischen Sprachen; sie suchte und fand Lehrer, von denen sie das Syrische, Arabische, Koptische erlernte. Von diesen drei Sprachen sprach und schrieb sie das Arabische am vollkommensten; die Anzahl der arabischen Schriften, die sie durchgelesen hat, ist erstaunlich; den Koran, von dem man zu sagen pflegt, daß ein gebildeter Mensch des Abendlandes ihn nicht ein einziges Mal ganz durchzulesen im Stande sei, hat sie mehr als einmal mit der Feder in der Hand gelesen; an Johann von Beverwyk hat sie arabische Briefe geschrieben, und im Besitz des Pommerschen General-Superintendenten Mayer waren verschiedene ihrer arabischen Handschriften exegetischen Inhalts. Auch das Türkische hat sie gelernt und verstanden, das syrische neue Testament las sie mit vollem Verständniß, im Chaldäischen, Samaritanischen, Persischen wußte sie Bescheid. Es klingt fast übertrieben, und doch scheint es nicht allzuweit von der Wahrheit zu sein, wenn von der achtzehnjährigen Anna das Sprüchwort sagte: In der Kenntniß der heiligen Schriften übertrifft sie kein Gelehrter, in der des Talmud kein Jude, in der des Koran kein Muselmann. Wenn sich Anna aber solchen fernliegenden Sprachstudien hingab, so versäumte sie doch über dem Fernen von ferne nicht das Näherliegende. Die modernen Sprachen wurden im siebzehnten Jahrhundert lange nicht so viel studirt, als heutzutage; und gebildete Frauen sowohl, als

Männer, die besser lateinisch, als französisch sprachen, waren nicht selten; Anna indeß lernte das Französische fertig sprechen und es so fließend und glänzend schreiben, daß der Franzose Balsac, in dem seine Zeitgenossen den größten Prosaschreiber verehrten, aus freien Stücken gestand, daß Anna besser französisch schreibe, als er; jedenfalls hat Anna von allen lebenden Sprachen die französische am meisten geliebt und geübt, sie sprach und schrieb es täglich. Daß sie auch der deutschen, englischen, spanischen und italienischen Sprache vollkommen mächtig war, ist vielfältig bezeugt; ihre Zeitgenossen nannten sie den weiblichen Mithridates. Vielleicht ist sie in Beziehung auf ihre enorme Sprachenkenntniß nur von dem Kardinal Mezzofante übertroffen worden, der im Jahre 1849 starb und dem man nachrühmte, daß er 62 alter und neuerer Sprachen mächtig gewesen sei. Bedauerlich ist, daß sich unter Anna's nachgelassenen Schriften nichts Deutsches mehr findet.

Aber nicht nur der Sprachwissenschaft, sondern der Gesammtwissenschaft galt Anna's Eifer. Alles, was gewußt werden kann, schien ihr, sofern es nicht gegen Gott und Gottes Wort war, damals wissenswerth, und sie war eigentlich damals auf einer beständigen Flucht vor der Unwissenheit. Sie selber hat das Recht der Frauen auf Beschäftigung mit den Wissenschaften in einer glänzenden Abhandlung vertheidigt. Die Abhandlung führt den Titel: „Logische Dissertationen über die Fähigkeit des weiblichen Geistes für Gelehrsamkeit und schöne Wissenschaften;" sie ist zuerst von Rivet, für den sie geschrieben war, in Paris, dann vielfach vermehrt 1641 in Leiden herausgegeben und bald in viele Sprachen übersetzt worden. Anna spricht in dieser Schrift die Beschäftigung mit den Wissenschaften dem Weibe zu unter folgenden Bedingungen: „wenn sie Fähigkeit dazu besitzt, wenn ihr die dazu nöthigen Hülfsmittel nicht durch den Zustand ihrer Familie abgeschnitten werden; wenn sie die Uebungen der Andacht und die Haushaltung nicht daran hindern; endlich wenn sie nicht Ruhm und Prahlerei dadurch sucht, sondern Gottes Ehre, ihre eigne Besserung und den Nutzen ihrer Familie, ja ihres ganzen Geschlechts." Von dem Rechte nun, das sie so gut vertheidigte, machte Anna für ihre eigne Person den ausgedehntesten Gebrauch. Ihre Freunde Cats und Beverwyk geben uns eine lange Liste von all' den wissenschaftlichen Fächern, in denen Anna sich zwischen dem zwanzigsten und dreißigsten Jahre ihres Lebens mit Lust und Erfolg bewegte; man fällt, wenn man diese Liste vor sich hat, aus einem Erstaunen in's andere. Wir heben hier nur das Bedeutendste hervor. Anna war eine Geographin, der der Volksmund nachsagte, daß sie in den meisten Ländern der Welt nicht nur des Dollmetschers, sondern auch des Führers entbehren könnte. Die Weltgeschichte hat sie aus den Quellen studirt, über Staatsrecht orientirte sie sich vornehmlich aus italienischen Werken; die Rhetorik hat sie aus dem Grunde gelernt, der Geometrie und Arithmetik gab sie sich unter Leitung mathematischer Fachleute mit allen Kräften ihres Geistes hin; der Astronomie hat sie viele Nächte ihres Lebens geopfert; die Philosophie ward ihr eine Lieblingswissenschaft, und man könnte sie wegen ihrer Vorliebe für den griechischen Philosophen Aristoteles und seine Schule eine Peripatetikerin nennen. Die Naturwissenschaften hatten an ihr eine so eifrige Jüngerin, daß ihr Studirzimmer nicht selten das Aussehen eines Naturalien-Kabinets hatte. Selbst die Anatomie, eine Wissenschaft, die wohl von allen einer Frau am fernsten liegt, wurde von Anna sehr fleißig betrieben, und sie ist von dem großen Arzte Beverwyk manchmal zu medicinischen Disputationen zugezogen worden. Monat auf Monat, Jahr auf Jahr vertiefte sich die gelehrte Jungfrau in alle diese und andre Wissenschaften, ihr Durst nach Erkenntniß

schien täglich zu wachsen. Ihre angestrengten Studien stürzten
sie einmal in eine heftige Krankheit, und sie kam an den Rand
des Grabes; aber sie wurde wieder hergestellt und war kaum
genesen, als sie auf's Neue nach den geliebten Büchern griff,
und sich auf's Neue in die schwierigsten Studien versenkte —
und das Alles doch nicht in der Manier eines Cato, der, da er
in seinem sechzigsten Jahre noch Griechisch zu lernen anfing,
auf die Frage nach dem Grunde antwortete: „Weil ich noch
berühmter werden will," sondern in der Manier einer Christin,
der, wie sie selber sagt, Alles daran lag, durch die Vorhöfe in's
Heiligthum des allerhöchsten Gottes zu dringen.

Mit der Wissenschaft ist die Kunst verschwistert, und Anna
hatte gleiches Talent und gleiche Liebe für beide Zwillings=
schwestern. Ja, man kann auf die Meinung kommen, daß ihre
angeborene Genialität der Kunst noch sympathetischer war, als
der Wissenschaft. Hatte sie in der Schreibkunst schon als
ganz kleines Kind Erstaunliches geleistet, so errang sie als Jung=
frau in derselben die Palme über alle ihre Zeitgenossen. Sie
wurde als „die Kalligraphistin" gepriesen, und man schätzte sich
glücklich, irgend etwas von ihrer Hand Geschriebenes zu erlangen
und faßte es wie ein schönes Bild wohl gar in Glas und
Rahmen. Ihre noch vorhandenen Handschriften bezeugen, daß
sie eben so wundervoll hebräisch, als lateinisch, arabisch, als grie=
chisch schrieb; es ist eine Lust, die schönen griechischen Züge zu
beschauen, in denen sie so oft ihren Wahlspruch geschrieben hat: „Der
am Kreuz ist meine Liebe." Sie hatte, wie wir wissen, ebenfalls
als Kind schon im Schnitzeln papierner Nachbilder von Zeich=
nungen und Gemälden eine ungemeine Geschicklichkeit gezeigt; sie
erlangte darin mit den Jahren eine solche Vollkommenheit, daß
man für ihre Schnitzeleien die theuersten Preise bot und die Scheere
pries, die unter ihren Händen dem Papier Leben verlieh. Aber
Anna selbst nannte dieses Schnitzeln nur Kinderspiel, und höher

als die Scheere standen ihr Zeichenstift und Pinsel. Es waren damals die Tage von Rembrand, die Malerei blühte in den Niederlanden, und nicht nur die großen Meister malten, sondern auch eine ganze Schaar von Dilettanten und Dilettantinnen. Anna aber, wenn man sie auch nicht den großen Meistern an die Seite stellen kann, war im Zeichnen und Malen mehr, als eine geniale Dilettantin; haben ihre Gemälde manchmal auch etwas Steifes, so zeigen sie doch die Künstlerin von Gottes Gnaden. Meist waren es Portraits, die Anna malte, ihr eigenes sehr oft, und die von Verwandten und Freunden. Ihre Leistungen im Kupferstechen, Bildnen, Wachspoussiren, in Email- und Silberarbeiten waren wo möglich noch bedeutender und werthvoller; sie war eine Künstlerin der Plastik im vollen Sinne des Wortes. Im königlichen Kabinet zu München wird ein Bildniß ihres Vaters und eines von ihr selber aufbewahrt, die sie beide kunstvoll aus Elfenbein verfertigt hat; in Leeuwarden wurden zwei Portraits von ihr gezeigt, die sie aus Palmenholz gemacht und die von Kunstkennern bewundert werden. Ganz Vortreffliches leistete Anna auch in der Kunststickerei, ihre Stickereien machten den täuschenden Eindruck von Gemälden. Eines solchen Kunstwerks von ihrer Hand gedenkt der durch seine religiösen Lieder und mystischen Schriften bekannt gewordene, 1727 verstorbene deutsche Theolog Johann Wilhelm Petersen; er erzählt, wie er als Kind von seinem Vater auf einer Reise nach Holland mitgenommen und dem Fräulein von Schürmann vorgestellt sei, wie diese ihn zärtlich auf den Arm genommen und ihn mit einer ihrer Kunststickereien beschenkt habe. Von früh an offenbarte Anna auch bedeutende musikalische Begabung; ausgestattet mit einer überaus schönen Stimme und feinem Gehör, erregte sie die Bewunderung der Musikfreunde, sowohl wenn sie sang, als auch wenn sie die Laute, die Cymbel oder das Violoncel spielte.

Die Kunst der Künste ist die Dichtkunst; von allen Künsten liebte Anna am meisten die edle Poesie. Es wird uns erzählt, daß sie wohllautende Lieder in orientalischen Worten gedichtet und daß sie, ähnlich wie Olympia Morata, die Gefühle ihres Herzens in griechischen Hymnen ausgesprochen habe. Von diesen Liedern und Hymnen ist nichts auf unsere Tage gekommen. Wohl aber haben wir reichliche Proben ihrer lateinischen Poesie, die uns begreiflich machen, warum ihre Zeitgenossen sie die lateinische Sappho genannt haben. In der Zeit, wo sie ihren Briefwechsel mit dem Dichter Cats begann, beantwortete sie einen seiner Briefe mit einem langen lateinischen Gedicht, das gradezu klassisch ist nach Inhalt und Form. Als Jungfrau hat sie lateinische Epigramme, Lobgedichte und sogenannte Echogedichte gedichtet, die allerdings nach dem damals herrschenden Geschmacke oft mehr glänzend, als tief sind, nichtsdestoweniger aber eine bedeutende poetische Ader verrathen. In vieler Munde war zur Zeit ihrer gelehrten Jugend ein lateinisches Epigramm, das sie als Unterschrift unter eines ihrer Portraits, welches von den Beschauern verschwenderisch gelobt wurde, gesetzt hat und welches in deutscher Uebersetzung lautet: „Unseres Antlitzes Züge seht hier auf diesem Gemälde; eure Huld nur verleiht Reiz ihm und nimmer die Kunst." Auch französische Verse von Anna sind noch vorhanden, sie sind glatt und fließend, doch noch viel weniger tief, als die lateinischen. Die Perlen ihrer Poesie sind ohne Frage ihre holländischen Gedichte, das sind die Lieder ihres Herzens, während die lateinischen Carmina nur die Lieder ihres Geistes sind. Leider besitzen wir gerade von ihren holländischen Gedichten nur wenige, nämlich einige Bruchstücke aus der Poesie ihrer Kinderjahre und einige Lieder aus ihrem Alter; was sie in den Jahren ihrer gelehrten Jugend in holländischer Sprache gedichtet hat, hat sie später selbst, die Perlen sammt den Scherben, vernichtet. Aber was wir von ihren holländischen Gedichten noch besitzen, das beweist vollauf, daß Anna eine reichbegabte, fromme und herzliche Dichterin war: wir werden im letzten Kapitel dieser Lebensskizze eines ihrer späteren Lieder, ein Gebet zu ihrem Seelenbräutigam, in deutscher Uebersetzung mittheilen.

Wenn wir in der Rückschau auf all' die mannigfaltigen Talente, mit denen Gott Anna von Schürmann begabt hat, und auf den rastlosen Fleiß, mit welchem sie dieselben entfaltet hat, nach einem Gleichniß für ihre gelehrte Jugend suchen, so werden wir sagen können, daß das Leben der Jungfrau von Utrecht wie ein wundervoller Baum ist, gepflanzt an den frischen Wassern des Heils in Christo, seine Wurzel aufrichtige Gottesfurcht, sein Stamm tüchtiges Studium und gediegenes Wissen, seine Blätter allerlei Künste, die Herz und Ohr und Auge erfreuen, und seine Krone fromme Poesie, die den Herrn der Herrlichkeit lobt.

Drittes Kapitel.
Anna's Ruhm.

Die Stadt Utrecht ist berühmt in Niederland um der prächtigen Aue willen, in der sie liegt. Unübersehbare Obstbaumgärten wechseln mit wilden Baumgruppen, anmuthige Landhäuser mit den lieblichsten Kornfeldern. Die niederländischen Dichter wetteifern im Lobe der Lieblichkeit Utrechts, und der größte unter ihnen, Joost van Vondel, singt:

Utrecht, die Bischofsstadt, ist frei und stolz gelegen
Auf fetter Marschen Grund und trieft von Gottes Segen,
Hier sättigt sich das Rind auf weidereichen Matten,
Hier ruht der Hirt und träumt in alter Bäume Schatten,
Hier fließen Vecht und Rhein durch grüne Waldeslauben,
Hier tummelt sich das Wild, hier girren Turteltauben.

Die Honigbiene summt, wo so viel Blumen blühen,
Der Nachtigallen Schlag ertönt im Abendglühen,
Der Lerche Lied erklingt im Glanz der Morgensonne,
Wie nennt man Utrecht denn? Ein Paradies der Wonne!

Die Stadt Utrecht ist berühmt weit über Niederland hinaus bis ins hohe Deutschland hinein durch die großen geschichtlichen Namen, die mit dem Namen der Stadt verknüpft sind. Hier hat Willebrord im Jahre 720 die ehrwürdige Kathedrale gegründet, von der das Schiff längst zerfallen ist, während Chor und Thurm noch heute stehen als großartige Ruinen einer frommen Vergangenheit. Hier hat Bonifacius, dessen Name unter den Hochdeutschen nicht minder guten Klang hat, als unter den Niederdeutschen, als päpstlicher Legat residirt, ehe er nach Friesland zog. Hier haben die alten deutschen salischen Kaiser oft ihre Residenz aufgeschlagen und Hof gehalten. Hier starb der erste Salier, Kaiser Konrad II., hier ist auch der letzte Salier Heinrich V. gestorben. Von hier, aus dem noch blühenden holländischen Geschlechte derer von Dedel, stammt der berühmte Lehrer Kaiser Karls V., der Papst Hadrian VI., in alten niederländischen Urkunden Meyster Ariän Floriste von Utrecht genannt; das Haus, in welchem er geboren ist, heißt heute noch das Papsthaus. Hier ist die große Staatenunion von 1579 geschlossen, durch welche die Unabhängigkeit der Niederlande unter der oranischen Statthalterschaft begründet ist.

Ihren höchsten Ruhm aber hat die Stadt Utrecht durch die Universität erlangt, die ihr im siebzehnten Jahrhundert geschenkt wurde. Der sechszehnte März des Jahres 1636 ist der Geburtstag der Utrechter Hochschule. Drei Tage vorher waren in allen Kirchen der Stadt Betstunden gehalten worden, in denen die Einwohnerschaft Gottes Segen auf die beabsichtigte Stiftung herabflehte. Am Sonntag vorher predigte Dr. Voetius im Dom vor einer unabsehbaren Menge über Ev. Lucä 2, 46: „Und es begab sich nach dreien Tagen, fanden sie ihn im Tempel sitzen mitten unter den Lehrern, daß er ihnen zuhörte und sie fragte," und verbreitete sich auf Grund dieses Textes über den Nutzen der Akademien und Schulen, der Wissenschaften und Künste. Auch die gelehrte Jungfrau von Utrecht begrüßte die Utrechter Hochschule freudigen Herzens in zwei Liedern, einem niederdeutschen, das sich auf die Predigt ihres Freundes Voetius bezog, und einem großen lateinischen Gedichte, das den Titel führte: „**Glückwunsch an die alte und berühmte Stadt Utrecht bei Gelegenheit ihrer Erhebung zum Sitz einer Hochschule.**" Die Universität nahm die Jungfrau dafür von Anfang an in ihren Verband auf, wie vor ihr die Heidelberger Universität mit Olympia Morata gethan; es wurde für Anna eigens eine Loge erbaut, in welcher sie ungesehn den Vorlesungen und Disputationen beiwohnen konnte; daß sie aber bei den Disputationen in die Auditorien selbst gekommen sei und die Stelle eines Opponenten vertreten habe, ist durchaus unbewiesen. Anna hielt wie in allen ihren Verhältnissen, so auch in ihrem Verhältniß zur Universität die Grenzen der Weiblichkeit wohl inne.

Die neue Universität erlangte schnell einen ausgezeichneten Ruf in Europa und damit auch die Jungfrau, die ihr das lateinische Loblied gesungen hatte. Anna's poetischer Glückwunsch an die Stadt Utrecht machte die Runde durch die ganze damalige Gelehrtenwelt und erweckte aller Orten ein lautes Echo; die begeisterten gereimten und ungereimten Antworten und Grüße, die Anna von allen Ecken und Enden empfing, möchten wohl einen Folianten füllen. Niederland ging natürlich voran im Lobe der Jungfrau; der Utrechter Professor Antonius Aemilius pries sie in einem griechischen Gedichte als „die hochgeborne und in aller Wissenschaft unvergleichliche Jungfrau, die zehnte Muse zu nennen mit größerem Rechte, als die Dichterin Lesbia, die von den Alten so genannt ward;" hundert Andere priesen sie in lateinischen, hebräischen, arabischen, französischen, holländischen Versen als die Utrechtsche Pallas, als das Wunder der Welt, als die große Gelehrte, die gar nicht weiter fortschreiten könne, sondern sich im Kreise herumdrehen müsse. In Frankreich fand Anna kaum weniger Lobredner; einer derselben gab einen ganzen Band von Lobliedern auf Anna heraus. In Italien fand Anna besonders bei den Gelehrten von Padua große Anerkennung, und es erschienen Lobreden auf sie in italienischer Sprache; in Spanien redete man von ihr als von einer Frau, die nur einen einzigen Fehler hätte, nämlich den, daß sie nicht katholisch sei; auch die Gelehrten und Dichter der Schweiz bekränzten sie mit ihren Alpenrosen; in Dänemark, Norwegen und Schweden huldigte man ihr als einer Göttin der Wissenschaft. Unser deutsches Vaterland ist nicht minder verschwenderisch gewesen in Lobsprüchen auf die Jungfrau von Utrecht. Martin Kempe, kurbrandenburgischer Geschichtsschreiber zu Königsberg in Preußen, preist Anna als „der Wissenschaften tiefes Meer" und schreibt an sie in einem Huldigungsgedichte: „Ja, was Tausend stückweis wissen, darauf habt Ihr Euch beflissen, daß Ihr Doctorin könnet sein!" Laurenberg nennt sie die Krone des weiblichen Geschlechts, Joh. Friedr. Mayer die Zierde aller Frauen; Georg Christian Lehms, der Verfasser von „Teutschlands galanten Poetinnen" schwang sich zu folgendem Lobliede auf:

Ihr Musen kommt und malt die kluge Schürmannin,
Die sich die halbe Welt im Herzen abgerissen;
Denn ob ich mich gleich auch schon längst darauf beflissen,
So seh' ich doch, daß ich zu schwach und kraftlos bin.
Ihr Bildniß lieget mir zwar täglich in dem Sinn,
Und ihrer Schriften Schatz läßt mich dies Glück genießen,
Viel Züge wie von ihr, so ihrem Geist zu wissen,
Und doch fällt aller Muth bei meinem Pinsel hin.
Ich male Schattenwerk; zu solchen Weisheitsbildern
Gehöret Kunst und Witz, sie völlig abzuschildern.

Wir können uns ja wohl des Lächelns nicht erwehren, wenn wir solche und ähnliche Lobesergüsse lesen und daran denken, daß heutzutage unter Tausenden kaum Einer auch nur Anna's Namen kennt; wie contrastirt mit dem lauten Lobe ihrer Zeitgenossen das Schweigen der Nachwelt! Der alte Mönch hat ja wahrlich Recht, der in dem mittelalterlichen Liede vom Ruhme sang: „Wie ist der Ruhm der Welt doch ein so kurzes Fest; dem leeren Schatten gleich ist, was die Welt dir läßt!" Doch damals eben, als Anna jung, schön und gelehrt war, feierte die Welt in der rauschendsten Weise das kurze Fest ihres Ruhmes. Die allgemeine Stimme der Zeit begrüßte die in ihr verkörpert scheinenden Musen mit fast ungetheiltem Jubel. „Unter allen gelehrten Damen", sagt ein Gelehrter, „hat wohl keine in der Heimath, wie bei den Zeitgenossen aller gebildeten Länder eine so einmüthige und universelle Anerkennung bei den verschiedensten literarischen Partheien erlebt, wie Anna von Schürmann." Wenn wir uns von vielen der ihr ertheilten Lobsprüche als von abgöttischen Früchten des Cultus des Genius abgestoßen fühlen, so thut uns doch ein solches Lob unserer Anna wohl, wie wir es bei Joh. Wilh. Peträus in seiner Schrift „Beste Gründe des künftigen Reiches Christi" finden, wo es einfach heißt: „Das Fräulein von Schürmann war eine gelehrte und gottselige Jungfrau."

Es pflegt ein Kennzeichen berühmter Leute zu sein, daß sie mehr Briefe zu lesen und zu schreiben haben, als andere Sterbliche; Anna's gelehrte Jugend entbehrt dieses Kennzeichens nicht. Die Correspondenz, in welche Anna seit den Tagen der Gründung der Utrechter Hochschule verwickelt wurde, war eine ungeheure. Hatte sie schon vordem mit Gelehrten und Dichtern ihres eigenen Landes in lebhaftestem Briefwechsel gestanden, so knüpften nunmehr die bedeutendsten Männer der Kunst und Wissenschaft in allen Ländern briefliche Verbindung mit Anna an. Sie correspondirte, um einige Namen zu nennen, mit den deutschen Gelehrten Thomasius, Wolf, Meier, Owen, mit den nordischen Gelehrten Bartholinus, Professor Egbert zu Upsala, Rotger zum Bergen in Riga, mit unzähligen französischen Gelehrten, auch mit Kardinal Richelieu, mit Italienern u. A. m. Ihr berühmtester Brief ist ein französisch geschriebener an die **Prinzessin Elisabeth von Böhmen**, in welchem sie ihre Ansichten über die Alten, die Kirchenväter, die Scholastiker, und allerlei neuere Schriftsteller in den Fächern der Theologie, Philosophie, Geschichte u. s. w. mit viel Geist und Scharfsinn dargelegt hat. Den fruchtbarsten Briefwechsel von allen hat sie wohl mit dem Professor Andreas Rivet, von dem wir alsbald ein Mehreres sagen werden, geführt; so viele ihrer Briefe an ihn auch verloren gegangen sind, so werden doch in England noch 67 lateinische und französische, vom Jahre 1631 an ihn von der Hand Anna's geschriebene Briefe aufbewahrt, und verschiedene sind auch in ihren gedruckten Werken zu finden. Einer dieser Briefe ist besonders merkwürdig, und auch für unsere Zeit interessant, da sie in demselben ihre Ansichten über **Hugo Grotius** mittheilt, welcher sich damals mit dem Gedanken trug, die ganze Christenheit aller Confessionen zu vereinigen. Es mag uns verstattet sein, Anna's Ansichten über diese katholisch=protestantische Union mitzutheilen. Sie schreibt, allerdings etwas scharf, über den großen Grotius: „Bis jetzt hatte Jedermann eine große Idee von dem Geiste und der Gelehrsamkeit des Grotius; aber seitdem er sich von der Vernunft verabschiedet hat, seitdem seine Studien ihren Gegenstand gewechselt haben, und er durch heftige Anklagen die ganze Reformation und ihre Koryphäen beleidigt hat, sucht Jedermann Grotius in Grotius. Es giebt nichts Lächerlicheres und Unsinnigeres, als daß Jemand, den wir gar nicht darum gebeten haben, es unternimmt, uns mit den römischen Katholiken auszusöhnen und im Orakeltone zu erklären, daß wir uns mit ihnen aussöhnen können und müssen." Anna war der guten Meinung, daß alle Unionsversuche mit der römischen Kirche, wie sie ist, die Bedeutung der Reformation unterschätzen und zu keiner andern Lösung führen können als zu der, die trotz ihrer Naivität uns erst in unsern Tagen noch von römischer Seite angepriesen wurde: „Wozu noch die Kirchenspaltung? Kehrt zurück nach Rom!"

Die vielen Bewunderer der gelehrten Jungfrau ließen es nun aber nicht dabei verwenden, auf dem Wege der Correspondenz Gemeinschaft mit ihr zu unterhalten, sondern wer es irgend vermochte, brachte ihr persönlich seine Huldigung dar, und es verging Jahre lang keine Woche, in der nicht bei ihr Besuche erschienen von Gelehrten und Personen hohen und höchsten Ranges. Die in Utrecht selbst wohnenden Gelehrten ließen es sich natürlich am wenigsten nehmen, Anna's Hausfreundschaft zu erwerben und festzuhalten; sie fühlten sich vor der Welt geehrt, wenn sie als die nächsten in Anna's Vertrauen gelten konnten. Der von allen in Wahrheit Anna am nächsten stand, war Dr. Geisbert Voet, gewöhnlich Voetius genannt, der größte und einflußreichste unter den Utrechter Gelehrten und eine Zeit lang gradezu der Dictator der niederländischen Gelehrtenrepublik; er war Anna's Bewunderer und zugleich ihr Lehrer und geistlicher Vater, er widmete ihr eines seiner theologischen Werke und beförderte die Verbreitung ihrer Werke. Er war es auch, an den sich Fremde zuerst zu wenden pflegten, wenn sie Zutritt zu dem gelehrten Fräulein zu erlangen wünschten. Nächst ihren Stadtgenossen hatten ihre Landesgenossen den leichtesten Zugang zu Anna. Die Verehrung, die der Dichter Cats im Haag und der Arzt Beverwyk in Dordrecht ihr zollten, ist schon erwähnt; der eine wie der andere briefwechselte nicht nur lebhaft mit Anna, sondern suchte sie auch oft persönlich in Utrecht auf. Dasselbe gilt, nur in noch höherem Grade, von Andreas Rivet, früher Professor der Theologie, dann Erzieher des Prinzen Wilhelm, des Sohnes des Statthalters Friedrich Heinrich im Haag: er, ein hochgelehrter und von Herzen frommer Mann, liebte Anna, wie nur ein Vater seine Tochter lieben kann: er feierte sie in Briefen und Gedichten und sagte noch auf seinem Sterbebette von ihr: „Hätte ich noch die Kraft dazu, so würde ich noch mit meiner sterbenden Hand die Ehrerbietung bezeugen, die ich vor den wunderbaren Gaben habe, die Gott in ihren Geist gelegt hat." Ein anderer ihrer wärmsten niederländischen Verehrer war der Dichter Jacob Crucius in Delft; er hatte sich lange darnach gesehnt, „die Perle von Utrecht" persönlich kennen zu lernen, und als endlich Geisbert Voet ihn bei ihr einführte, pries er diesen Augenblick als den glücklichsten seines Lebens; er feierte sie in einem umfangreichen, poetischen Werke, das den Titel: „Die Jungfrau von Holland" führte; Anna schrieb ihm, als sie es durchgelesen hatte: „Bedenke, daß ich sterblich bin!" Der Professor Heinsius in Leiden besuchte sie nicht nur oft in Utrecht, sondern hatte sie auch oft bei sich selbst in Leiden zu Gaste; hier sah sie sich jedesmal umringt von Koryphäen der Wissenschaft, denen es eine Ehre war, den Hofstaat „der Fürstin von Utrecht" zu bilden. Anna hatte in Leiden noch einen andern warmen Freund, den berühmten Theologen Friedrich Spanheim, einen der fruchtbarsten theologischen Schriftsteller des siebzehnten Jahrhunderts, der, nachdem er, ein geborner Oberpfälzer, eine Zierde der Genfer Hochschule gewesen, auf die Bitten der Generalstaaten eine theologische Professur in Leiden angenommen hatte, die er bis zu seinem Tode im Jahre 1649 verwaltete; Anna beweinte seinen Tod in einer rührenden Elegie, die von Manchen für das schönste unter ihren schönen Gedichten gehalten wurde. Ein Jahr vor seinem Tode gab Spanheim „Die hebräischen, griechischen, lateinischen, französischen, prosaischen und poetischen Werke der Jungfrau Anna Maria von Schürmann" zu Leiden bei

Elzevier heraus; diese Ausgabe wurde von den Gelehrten mit einem unbeschreiblichen Enthusiasmus begrüßt und war schon 1650 vollständig vergriffen; die Werke sind dann aber öfters wiedergedruckt; die letzte Ausgabe ist im Jahre 1794 in Leipzig besorgt durch die gekrönte Dichterin Dorothea Lober zu Altenburg, die dieselbe noch mit einer sachgemäßen Einleitung und erläuternden Zusätzen ausgestattet hat. Mit den niederländisch-deutschen Gelehrten wetteiferten die niederländisch-deutschen Fürsten um die Gunst, Anna's Freundschaft zu besitzen. Von der fürstlichen Familie des Prinzen von Oranien im Haag erhielt Anna zu wiederholten Malen Besuche in Utrecht; der Prinz selbst, Friedrich Heinrich, sowie seine Gemahlin Amalia von Solms hielten hoch von Anna, und wollten sie ihren hohen Gästen die Wunder von Niederland zeigen, dann führten sie dieselben auch immer nach Utrecht in das Schürmann'sche Haus. Eine der Verwandten des Prinzen, die **Prinzessin Elisabeth**, die älteste Tochter des unglücklichen Kurfürsten Friedrich V. von der Pfalz, nachherigen Königs von Böhmen, schloß sich sogar auf's allerinnigste an Anna an. Wenn irgend eine der damaligen Fürstinnen an Frömmigkeit und Gelehrsamkeit der Jungfrau von Utrecht ebenbürtig war, so war es die Prinzessin von Böhmen, die Herzen der beiden Jungfrauen fanden sich schon bei der ersten persönlichen Berührung und sind sich bis an den Tod in treuer Freundschaft ergeben geblieben. Wie wichtig Anna's freundschaftliches Verhältniß zur Prinzessin Elisabeth für Anna's späteres Leben wurde, werden wir noch an seinem Orte zu betrachten haben.

Auch aus dem Auslande strömten Besucher in Fülle nach Utrecht, von dem Ruhme Anna's nicht minder, als von dem der Universität hingezogen. Von **deutschen Gelehrten**, die Anna zu besuchen kamen, nennen wir Martin Opitz, den Bahnbrecher der neueren deutschen Poesie, D. K. von Lohenstein, J. G. Schottel.

Von fürstlichen Besuchen, die ihr vom Auslande her zu Theil wurden, verdienen zwei besonderer Erwähnung. Zunächst der der Königin Marie Luise von Polen, gebornen Prinzessin von Gonzaga; dieselbe kam mit großem Gefolge, unter welchem sich auch katholische Theologen befanden. Die Königin beschaute mit Erstaunen Anna's Zeichnungen, Gemälde und sonstige Kunstwerke und war ganz Ohr für alle Worte voll Geist und Gelehrsamkeit, die sie aus Anna's Munde hörte; die Königin sprach französisch mit Anna, der sie begleitende Bischof italienisch und dann über theologische Gegenstände lateinisch, der Leibarzt der Königin verhandelte in griechischer Sprache mit Anna. Bekannter ist der viel spätere Besuch, den die Königin Christine von Schweden unserer Anna machte, als sie nach ihrer Thronentsagung verschiedene europäische Länder bereiste. Anna hatte früher mit der gelehrten Königin in Briefwechsel gestanden, ihr sogar einmal ein Lobgedicht und eine mit Meisterschaft von ihrer Hand gefertigte Künstlerarbeit gesandt; aber seitdem Anna der Confessionswechsel der Königin bekannt geworden war, hatte sie alle Correspondenz mit ihr abgebrochen. Sie konnte es nicht verhindern, daß die Königin persönlich kam, ihr einen Besuch zu machen. Es entspann sich mit den Jesuiten in der Königin Gefolge ein lateinisches theologisches Gespräch, in welchem Anna durch ihre Schlagfertigkeit und Belesenheit die Jesuiten so in's Gedränge brachte, daß diese sich auf die Ausflucht zurückzogen, es gehe hier nicht mit rechten Dingen zu, sondern Anna müsse einen Geist haben, der ihr zu Hülfe käme; lächelnd erwiederte Anna: „Es ist der Geist, durch welchen ich lebe und athme." Beim Abschied überreichte Anna der Königin ihr wohlgetroffenes Bildniß, welches sie während der Unterredung rasch gezeichnet hatte.

Wie hat denn nun aber Anna diese Last des Ruhmes, die sich schon in jungen Jahren auf ihre Schultern legte, getragen? Nicht als eine makellose Heilige, das ist wahr, aber als eine redlich kämpfende Christin. Es hatte ja das Gewicht ihres Ruhmes auch ein Gegengewicht in dem Neide, der sich damals wie jetzt einstellte, wo Jemand einen großen Namen hatte, und in dem Hasse, mit welchem die Gegner ihrer Rechtgläubigkeit gegen sie vorgingen. „Vergebens hätte ich mich bemüht," so hat sie später selbst davon bezeugt, „meinen viel zu weit gedrungenen Ruhm zu mäßigen, wenn mir nicht der Haß einiger weltlichen Theologen desto eifriger dazu behülflich gewesen wäre. Da der Neid, oder ich weiß nicht was sonst, ihnen gerne Gehör schenkte, so erreichten sie bei Manchen ihren Zweck, entledigten mich theilweise der großen Last meines Ruhmes und befreiten mich von den vielen Besuchen, namentlich benachbarter Theologen." Freilich das äußere Gegengewicht des Hasses der Neider hätte unserer Anna ja wenig oder nichts geholfen, wenn sie nicht inwendig im eigenen Herzen ein Gegengewicht gehabt hätte an ihrem gläubigen, demüthigen Sinn. Sie hatte, als sie von Franeker nach Utrecht kam, eine liebenswürdige, bescheidene, auf= blühende Jungfrau, das aufrichtige Verlangen gehabt, verborgen zu bleiben. Die erste Herausgabe ihrer Briefe und Gedichte geschah wider ihren Willen durch Freunde, denen der Gedanke unerträglich war, daß ein solches Licht wie sie unter den Scheffel gestellt würde; sie selbst hat ihren Freunden Vorwürfe darüber gemacht, und daß es ihr Ernst damit war, bezeugte unter Anderm, was sie an Beverwyk schrieb: „Sie erheben meine Briefe weit über ihre Verdienste; es überläuft mich die rothe Farbe, wenn Sie mich so loben" und ein anderes Mal: „Ich habe den großen Ruhm weder gewünscht, noch verdient." Darnach kam allerdings eine Zeit in ihrem Leben, wo sie den ihr zu Theil gewordenen Ruhm, den sie vergebens abzuwehren gesucht hatte, als eine ihr von Gott gegebene Gabe zum gemeinen Besten bewahren — und vermehren zu müssen glaubte. „Ich meinte," so sagt sie selbst, „den mir gewordenen Ruhm als ein gemein=

sames Gut der Gelehrtenwelt allen Ernstes bewahren und, soweit es mit der Bescheidenheit sich vertrüge, vermehren zu müssen, um unter andern größeren Lichtern als ein Sternlein sechster Größe auch etwas zur Erleuchtung des literarischen Firmaments beizutragen." Daß Anna in dieser Ansicht von der Pflicht eines Christen, den eigenen Ruhm zu vermehren, auf dem Irrwege war, kann ja kein evangelischer Christ leugnen, und Anna selbst hat es später am allerwenigsten geleugnet. Sie beklagt es in ihrer Eukleria, daß sie den Zügen ihres Gewissens, welches sie in der Glanzperiode ihres Lebens so oft von dem Glanze habe abziehen wollen, nicht folgsamer gewesen sei; daß sie ihren Lobrednern nicht nachdrücklich genug sich widersetzt habe; daß sie nicht niedrig und demüthig genug gewesen sei, nicht harthörig genug gegen die Stimmen der Schmeichelei, nicht bedacht genug auf das Eine, was noth ist. Wer sich so selber richtet, dessen Fehler brauchen ja nicht geleugnet zu werden, aber sie sollen auch nicht vergrößert werden. Es ist zu viel gesagt, wenn man mit Max Göbel urtheilt, daß die Liebe zur Welt allmälig die Gottesliebe in ihr überwuchert habe; es ist mehr als zuviel gesagt, wenn man hinzufügt, daß die Eitelkeit, dieser dem weiblichen Geschlechte, sowie dem Gelehrtenstande ganz besonders nahe liegende Fehler, der Götze gewesen sei, dem Anna ihr ganzes Leben hindurch heimlich und halb unbewußt geopfert habe, und welcher darum auch allmälig der Reinheit und Entschiedenheit ihrer Frömmigkeit Eintrag gethan habe. Vielmehr trifft das Zeichen großer und frommer Seelen, daß man ihre Fehler nennen kann und sie doch fromm und groß bleiben, auch bei Anna zu. Sie hat gekämpft gegen die Gefahren des Ruhmes, sie hat mit wechselndem Glück gestritten, und es mag ihr die Waffe dann und wann einmal sogar zu Boden gefallen sein; aber schließlich hat sie doch gesiegt in dem Glauben an den, der ihre Liebe war, in dem Glauben, der die Welt und auch den Ruhm der Welt

überwindet. Der beste Beweis für ihr redliches und endlich
siegreiches Kämpfen gegen die Gefahren des Ruhms ist der, daß
Anna aus diesen Kämpfen hervorging als fleißige Hauswirthin
und fromme Krankenpflegerin.

Viertes Kapitel.

Anna's frommes Stillleben.

„Wenn die häuslichen Verhältnisse es gestatten," hatte Anna
in ihrer Schrift über das Recht der Frauen auf wissenschaftliche
Beschäftigung gesagt, „darf das Weib sich der Wissenschaft hin-
geben." Anna's häusliche Verhältnisse waren viele Jahre hindurch
der Art gewesen, daß sie ihr alle Tage Muße vollauf gaben
für die Wissenschaft und Kunst. Der Vater hatte ihr ein großes
Vermögen hinterlassen, die Mutter hatte große wirthschaftliche
Talente und leitete das Hauswesen in ausgezeichneter Weise
Jahr aus Jahr ein, und wo es des männlichen Rathes und
Beistandes bedurfte, so war Johann Gottschalk von Schürmann, Anna's Bruder, da; dieser lebte, seitdem er seine medicinischen Studien in Franeker vollendet und in der ärztlichen
Wissenschaft es ziemlich weit gebracht hatte, in Utrecht bei der
Mutter und der Schwester und für die Mutter und die Schwester,
ohne jemals als praktischer Arzt in Utrecht aufzutreten. Es war
eine behagliche und fromme, liebliche und liebereiche Hausgemein-
schaft, die die Mutter, der Sohn und die Tochter zusammen
bildeten; diese Gemeinschaft wuchs nicht nur äußerlich, sondern
auch innerlich, als zwei ältere Schwestern der Mutter vor den
Gräueln des dreißigjährigen Krieges aus Deutschland nach den

Niederlanden flüchteten und in dem Schürmann'schen Hause zu Utrecht eine ihnen als lieben Verwandten mit Freuden gewährte Zufluchtsstätte suchten.

Da starb plötzlich die Mutter; wir wissen nicht genau in welchem Jahre, es wird uns nur erzählt, daß sie in Frieden heimgegangen ist. Wer sollte den altersschwachen Tanten und dem Bruder die Pflegerin, die Hausfrau ersetzen? Anna hat nicht einen Augenblick gezögert, den Philosophenmantel mit dem Hauskleide zu vertauschen. Die Gelehrte hatte auch die große Kunst gelernt, die viele Gelehrte nicht gelernt haben, die Kunst, **die nächste Pflicht zu thun.**

Die häuslichen Verhältnisse gestatteten seit der Mutter Tode Anna nicht mehr die schrankenlose Hingabe an die Wissenschaft. Sie ließ darum ihre wissenschaftlichen Liebhabereien, ihre Pinsel und Meißel je länger, je mehr ruhn. Sie beschränkte ihre Correspondenz auf das Nothwendigste. Sie schloß die verborgene Loge in der Universität. Sie vertiefte sich jetzt in die Geschäfte einer Hauswirthin und Krankenpflegerin. Die beiden alten Tanten überlebten Anna's Mutter um fast zwanzig Jahre und lebten beide bis in ihr zehntes Jahrzehnt hinein; zehn Jahre lang waren sie krank und schwach, die letzten zehn Jahre hindurch erblindeten sie und wurden bettlägerig. Anna liebte die alten, schwächlichen Tanten mit herzlichster Kindesliebe; ihnen zu dienen, sie zu pflegen und zu warten, dafür lebte und webte sie nach dem Tode der Mutter. Der Appetit kommt beim Essen, auch der geistliche; Anna fühlte sich so wohl bei der Pflege der kranken Hausgenossen, daß sie ihre Pflege auch auf Kranke außerhalb ihres Hauses ausdehnte, daß sie hinging und bei Armen und Leidenden christliche Besuche machte, ihnen Hülfe zu bringen und ihnen vom Heiland, dem besten Nothhelfer, zu erzählen. Sie, die so viele gelehrte Anmerkungen zum Text der heiligen Schrift geschrieben hatte, beschränkte sich jetzt darauf, sich zu üben in der practischen Auslegung des einen Bibelverses: „Ein reiner und unbefleckter Gottesdienst vor Gott dem Vater ist der, die Waisen und Wittwen in ihrer Trübsal zu besuchen und sich von der Welt unbefleckt zu behalten." Jacobi 1, 27. Nicht eine flüchtige Uebung in den Werken der Samariterliebe war es, der sie sich hingab, wie wir das heutzutage nicht selten erleben, daß man für eine Zeitlang innere Mission als fromme Liebhaberei treibt und dieser Liebhaberei bald wieder überdrüssig wird; sondern treu und ausharrend war sie die Pflegerin der Tanten, die Mutter der Kranken und Armen Monat für Monat, Jahr für Jahr. Wer sie an den Krankenbetten und in den Hütten der Armuth sah, mußte sich sagen, daß Anna nie mehr in ihrem Elemente gewesen sei, als jetzt, mußte sich fragen, ob diese demüthige Diakonissin denn wirklich dieselbe gefeierte Dame sei, die die gelehrte Welt als zehnte Muse pries. Zehnte Muse!? Die Armen Utrechts gaben ihr einen schöneren Titel, sie segneten sie als eine Tabea.

Dies fromme Stillleben Anna's, das man ja auch ein frommes Thatenleben nennen könnte, erlitt eine äußerliche Versetzung vier Jahre nach Beendigung des dreißigjährigen Krieges. Die beiden alten Tanten wünschten noch einmal ihre kölnische Heimath im Frieden zu sehen und gleichzeitig noch allerlei nothwendige Familienangelegenheiten in Deutschland vor ihrem Tode zu ordnen. Die Reise nach Köln war trotz der nun friedlichen Zeiten für die Tanten wegen ihres hohen Alters und ihrer Kränklichkeit mit vielen Mühsalen verknüpft (die bequeme Eisenbahnfahrt, die jetzt in wenigen Stunden von Utrecht nach Köln führt, war ja vor 200 Jahren noch nicht erfunden); Anna hielt es für ihre Pflicht, die Tanten zu begleiten und ihnen nach Möglichkeit die mühevolle, mehrere Tage in Anspruch nehmende Reise zu erleichtern. So ist Anna noch einmal in ihre deutsche Vaterstadt gekommen, der sie durch ihren Lebensgang vollständig entfremdet war; sie war damals fünfundvierzig Jahre alt. Die Ordnung der Vermögensverhältnisse der Tanten in Köln nahm mehr Zeit in Anspruch, als sie hatten denken können, und ihr und Anna's Aufenthalt in Köln dehnte sich auf ganze drei Jahre aus, von 1652 bis 1655. Anna wurde während ihres Verweilens in Köln sehr wider ihren Willen wieder mehr in das Leben der Gelehrten hineingezogen. Sie konnte sich dem Anlauf der Verehrer und der Neugierigen in Köln weniger entziehen, als in Utrecht. Mehrmals hat sie auch mit katholischen Mönchen und Priestern theologische Gespräche führen müssen, in denen sie sich dann bemühte, die Wahrheit des Evangeliums gegen den Irrthum Roms zu vertheidigen. Wahrscheinlich waren es diese Conferenzen mit kölnischen Franziskanern, die, trotzdem Anna nie einen Fuß über die Schwelle einer katholischen Kirche gesetzt hat, zu dem falschen Gerücht Veranlassung gaben, daß Anna in Köln die Confession gewechselt habe und katholisch geworden sei. Dies Gerücht eilte als ein böser Herold Anna voran nach Utrecht; und als sie nun im Jahre 1655, nachdem das Geschäft der Tanten endlich abgewickelt war, nach Niederland zurückkehrte, mußte sie die Erfahrung Jacobs machen, da „er sahe das Angesicht Labans, und siehe, es war nicht gegen ihn wie gestern und ehegestern." Viele der früheren Freunde und Bewunderer gingen Anna jetzt als einer heimlichen Katholikin aus dem Wege.

Anna fand bei ihrer Rückkehr Utrecht auch noch in anderer Beziehung sehr verändert. Heftige Streitigkeiten über Kirchengüter waren in der Stadt ausgebrochen und hatten zur Absetzung und Verbannung zweier Prediger geführt. Hader und Neid hielten die Gemüther in unheimlicher Gluth, Anna's Vorliebe für Utrecht kühlte sich unter diesen Umständen merklich ab. Nachdem sie vier Jahre lang mit den Ihrigen in Utrecht ausgeharrt hatte, ohne daß sich ihre Hoffnung auf Rückkehr des

kirchlichen Friedens erfüllte, folgte sie einem schon lange gehegten
Verlangen und zog sich aus dem Streit und Neid der
Stadt in die Stille des Landes zurück. Die ganze kleine
Familie, Anna, der Bruder, die beiden Tanten und zwei erprobte
Mägde, siedelte nach dem Dorfe Leksmond bei Vianen über.*)
Hier schenkte ihr der Herr eine Reihe von stillen, ruhigen, friede=
vollen Tagen; das Landhaus in Leksmond schwebte Anna noch
in den spätesten Jahren ihres Lebens als ein liebliches Betha=
nien vor, über welchem die Sonne der Gerechtigkeit nicht unter=
ging, in welchem das Heil unter des Heilands Flügeln besonders
süß war. Die Tanten waren hier vollständig an das Bette
gefesselt; Anna aber, weder durch lästige Besuche, noch durch gelehrte
Briefe gestört, konnte sich auch vollständig ihrer leiblichen und
geistlichen Pflege widmen. Es gefiel dem Herrn, die beiden
Lazarusseelen im Jahre 1662 rasch hinter einander von allen
Mühsalen der irdischen Pilgrimschaft zu erlösen. Ihr Abscheiden
traf Anna's Herz so stark, daß sie selbst ernstlich erkrankte. Es
ist rührend, ihre Briefe aus der damaligen Zeit zu lesen. „Ich
habe wohl Ursache," so schreibt sie in einem derselben an eine
Freundin in der Stadt „dem Herrn zu danken, daß ich den zwei
lieben und werthen Seelen, die mir gradezu Mütter waren,
bis zu ihrem letzten Augenblick meine Gegenliebe habe bezeigen
können; doch ist ihr Scheiden und ihr Fortgerücktsein nicht ohne
bittere Traurigkeit für mich, wenn ich bedenke, daß mir nunmehr
ihre Treue fehlt und ihre süße Gesellschaft. Ich trachte darum
meine Gedanken zur Betrachtung des seligen Zustandes zu
erheben, in welchem sie gegenwärtig die Früchte der Güter ge=

---

*) Theodor Fliedner in seinem lesenswerthen Buch Collecten=
reise nach Holland und England rühmt die Umgegend von Leks=
mond als das holländische Hanfland, in welchem auf wässrigem Boden
der Hanf zu einer Höhe von 10 Fuß wächst; Fliedner nahm einige
Häute von den Leksmonder Riesenstengeln als Merkwürdigkeit mit heim.

nießen, deren wir in Hoffnung harren." Diese warme Herzlichkeit Anna's ist doch noch schöner, als ihre blendende Gelehrsamkeit.

Mit dem Heimgang der alten Tanten, ihrer vieljährigen Pfleglinge, waren für Anna die schönen Tage von Leksmond vorbei, die schönen Tage, denn Anna sagt uns selber, daß ihr die zwei bis drei Jahre in Leksmond wie Tage verflossen seien und daß jeder Tag sie ihrem Gott und dem ewigen Leben näher gebracht habe. „Wie flieht die Zeit von hinnen im Dienst des Herrn so schnell, und eh' wir uns besinnen, sind wir an Ort und Stell'!" Anna kehrte mit ihrem Bruder und den beiden Dienerinnen nach Utrecht zurück und bezog ihre alte Wohnung in der Voetiusgasse; der Bruder aber, Johann Gottschalk, verließ, nachdem er die Schwester in die Stadt zurückgebracht hatte, Utrecht auf längere Zeit und brachte nunmehr einen alten Plan, Deutschland und die Schweiz zu besuchen, zur Ausführung. Anna theilte ihre Einsamkeit zwischen ihren Studien, die sie nun wenigstens einigermaßen wieder aufnahm, ihren Besuchen bei Armen und Kranken, die sie auch wieder aufnahm, und dem erbaulichen Umgang mit ihrem alten väterlichen Freunde Voetius und dem kleinen Kreise ernster und entschiedener Christen, den Voetius um sich gesammelt hatte. Die hervorragendste Zierde dieses Kreises war ein Amtsgenosse des alten Voetius, der gottselige Prediger und Dichter Jodocus van Lodenstein, welcher seit 1652, gerade als Anna nach Köln zog, in Utrecht wirkte, ein theurer Mann Gottes in Spener's Geist und Art, der seine ganze Zeit vom Morgen bis in die Nacht seinem seelsorgerlichen Amte widmete, und, was ihm an Muße blieb, auf seine „Ausspannungen" verwandte, wie er selber seine köstlichen Lieder genannt hat. Von ihm stammt auch das in der deutschen evangelischen Kirche wohlbekannte, prächtige Lied: „Heiligster Jesu, Heiligungsquelle," das Bartholomäus Crasselius nicht gedichtet, sondern nur aus dem Niederdeutschen (Heyl'ge Jesu, hemelsch voorbeld) in's Hochdeutsche übertragen hat. Lobenstein hatte in Utrecht und weit über Utrecht hinaus bis an den deutschen Niederrhein sehr bald viele Freunde gewonnen, die die Welt „die Ernstigen" nannte, von denen der Glaube urtheilte: Lobensteiner sind solche Menschen, welche den Heuchlern entgegengesetzt sind, die zwar nicht vollkommen sind, aber vollkommen zu sein verlangen, die mit weltlichem Zeitvertreib nichts zu schaffen haben mögen und mit dem gemeinen Schlendrian des Alltagschristenthums nicht zufrieden sind, die eine innerliche Besserung suchen, die mit den Frommen gern umgehen und nicht sitzen, wo die Spötter sitzen. Eine solche „Ernstige" war Anna ja auch, darum mußte Anna sich von einem Manne, dessen Zuhörer und Freunde so „ernstig" waren, sehr angezogen fühlen; sie hörte Lobenstein's Predigten, so oft sie zu hören waren, betheiligte sich an seinen erbaulichen Schriftbesprechungen und trat in ein inniges Freundschaftsverhältniß zu ihm.

Im Jahre 1664 kam Johann Gottschalk von Schürmann nach Utrecht zurück. Er hatte in Deutschland, noch mehr aber in der Schweiz es sich angelegen sein lassen, solche Männer aufzusuchen, von denen der Ruf sagte, daß sie Kinder Gottes und Lehrer der wahren Gottseligkeit seien, und nachdem er lange gesucht hatte, glaubte er in dem Genfer Prediger Johannes von Labadie den größten Christen und weisesten Christenlehrer seiner Zeit gefunden zu haben. Er wußte bei seiner Rückkehr in seiner Erzählung von den gewaltigen Predigten und der gesegneten Wirksamkeit dieses Zeugen Christi kein Ende zu finden und erweckte dadurch in seiner Schwester eine große Begierde, diesen Glaubenshelden kennen zu lernen. Er vermittelte noch einen Briefwechsel zwischen Anna und Labadie, aber er sollte die Freude der persönlichen Begegnung zwischen den beiden nicht mehr erleben. Die Beschwerden der Reise schienen seine körperliche

Kraft gebrochen zu haben; er starb 1664 zu Utrecht im neun und fünfzigsten Jahre seines Lebens. Wir haben von Anna's eigner Hand einen gar erbaulichen Bericht über sein Abscheiden, den wir hier bis auf wenige Auslassungen beifügen.

Mein Bruder, schreibt Anna, der nach meinen beiden Tanten starb, die mich in ihrem Sterben wie in ihrem Leben so sehr getröstet hatten, hat uns viele Beweise seiner Liebe und seines Eifers für Gottes Ehre gegeben, besonders einige Jahre vor seinem Tode. Als ich, zwei Nächte vor seinem seligen Heimgang, von den Aerzten vernommen hatte, daß er wohl binnen vier und zwanzig Stunden diese Welt verlassen dürfte, ging ich sofort zu ihm, weil ich ihm diese ärztliche Ansicht nicht verbergen konnte, wohl wissend, daß es ihm nicht unangenehm sein würde. Er antwortete mir ohne irgendwelche Bestürzung und sehr freundlich: "Wie, liebe Schwester, solltest du mir diese Mittheilung nicht machen dürfen? Ich danke dir herzlich dafür. Ich habe lange genug gelebt, und ich bin bereit, so es Gott beliebt, ihm zu folgen; ja ich bin bereit dazu." Als der Herr Voetius und einige andere Prediger zu ihm gekommen waren, sprach er mit so viel christlichem Muth und solcher Kraft, daß alle Anwesenden sich nicht wenig darüber wunderten. Einer von den Predigern ließ es sich nicht nehmen, die zwei letzten Nächte bei ihm zu bleiben und an seinem Bette zu wachen, und gestand hinterher, daß er noch niemals einen dem Tode so nahen Menschen mit solcher Kraft des Geistes begabt gesehen und daß er, ein Prediger, während der ganzen Zeit seiner amtlichen Wirksamkeit noch nie von Jemand so viel Erbauung empfangen habe; dies sei kein Sterben gewesen, fügte er hinzu, sondern ein Genießen Gottes und eine Rüstung auf das Abendmahl der Hochzeit des Lammes. Noch andre Fromme, die mit meinem Bruder Umgang gehabt hatten, ließen ihr Haus und ihre wichtigsten Dinge stehen und blieben Tag und Nacht in seinen Zimmern, um ihn zu hören.

Als wir in großer Anzahl vor seinem Bette versammelt waren, um seinen glücklichen Heimgang zu sehen, denn der Doctor hatte erklärt, er werde den Morgen nicht mehr erleben, sagte er zu mir: „Sollen wir Gott kein Loblied singen?" und bezeichnete uns den 103. Psalm (in der gereimten holländischen Uebertragung). Ich fragte ihn, ob er es nicht für besser fände, daß ihm der Psalm nur vorgelesen würde, um seiner Schwäche willen. „Nein, sagte er, laßt uns den Psalm singen: Ein Christ muß auch im Sterben noch seinen Gott loben!" Und damit hob er an uns vorzusingen mit einer Stimme, die die lebendigen Bewegungen seiner ganz in Gottes Lob entzückten Seele ausdrückte. Ich bekenne, daß ich noch niemals mit süßerer und lebendigerer Stimme und mit herzlicherer Gemüthsbewegung habe singen hören. Er sang mit uns den Psalm bis zu den zwei letzten Versen. Doch was noch mehr Wunder nehmen muß, ist, daß er vier Stunden später einen neu eintretenden Prediger und zugleich uns alle noch einmal ersuchte, mit ihm ein Loblied zu singen. Auf unsere Einrede, daß seine Schwachheit dies nun doch nicht mehr zuzulassen scheine, antwortete er wieder, daß ein Christ im Lobe des Namens Gottes sterben müsse, und so sang er mit uns den drei und zwanzigsten Psalm von Anfang bis zu Ende. Zwei Stunden darnach ersuchte er uns, wir möchten den Lobgesang Simeons mit ihm singen, was wir auch thaten. Er sagte uns während seiner Krankheit, daß das Leben in dieser Welt eine Wohlthat wäre, wenn es im Dienste und zur Ehre Gottes verlebt würde; daß sein Wunsch wohl gewesen wäre, dem Herrn in einem öffentlichen Amte zur Ehre zu leben, doch daß Gottes Wille immer der beste wäre und Gott unsern Dienst keineswegs nöthig hätte, und daß wir, wenn Gott in dieser Sache zu uns sage: „Ich habe keine Lust zu dir," mit David antworten müßten: „Siehe, hier bin ich, handle mit mir, wie es gut ist vor deinen Augen!" Ich kann all' die schönen Worte, in welchen er seine Selbstverleugnung, seine Geduld und seine feurige Liebe zu seinem Heiland Jesus Christus ausdrückte, hier nicht wiederholen. Eins von ihnen, das mir besonders gefiel und aus dem Grunde seines Herzens kam, war: daß der höchste Zweck aller Dinge, nämlich die Ehre Gottes, sich einmal so klar seinem Auge enthüllt habe, daß er seitdem sich immer darnach gesehnt und demselben mit Herzenstreue, wenn auch mit großer Unvollkommenheit nachgelebt habe. In der That der Eindruck jenes Augenblicks war ihm immer so lebendig geblieben, daß er nie ohne besondere Bewegung davon sprechen konnte. „O welch' eine Güte Gottes, sagte er oft, o unaussprechliche Barmherzigkeit, daß Gott von Menschen bedient und verherrlicht sein will! Er besitzt in sich selbst eine unendliche und ewige Herrlichkeit; er hat weder uns, noch irgend eine andere Creatur nöthig, da er in sich selber allgenugsam ist! und dennoch will er von uns, die wir noch dazu sündige und gefallene Creaturen sind, verherrlicht werden!" Ein zweiter Ausdruck, welcher auf den vorigen Bezug hat, war dieser: als ein Prediger einige Stunden vor seinem Tode an ihn herantrat und ihm noch größeren Vorschmack der ewigen Seligkeit anwünschte, sagte er: „Mir genügt es, dem Herrn dienen zu dürfen. Er ist es in sich selber werth. Ihn zu verherrlichen mit Allem, was man ist, das ist die wahre Seligkeit." Ein drittes Wort war das, daß er den Herrn Jesus herzlich lieb gehabt habe. Das sagte er in einer so herzlichen Weise, daß es sich nicht ausdrücken läßt. Nicht lange vor seinem letzten Athemzug richtete einer der Prediger die Frage an ihn, ob man Gott auch noch einmal bitten sollte. „Ja, sagte er, denn man muß betend und anbetend sterben." Als seine Arme schon anfingen kalt zu werden, fügte er sie noch einmal in einander und sagte: „Ich umarme meinen Heiland Jesus Christus mit den Armen des Glaubens!" Ich schweige von den heilsamen Lehren und Ermunterungen, die er den Predigern und uns allen, jedem wie es grabe für seinen Zustand paßte, gab. Während seiner letzten Züge sagte er noch sehr vernehmlich: „Der feste Grund Gottes besteht und hat dieses Siegel: „Der Herr kennet die Seinen!" Als seine Hände und seine Brust schon kalt waren, stammelte er noch: „Ich komme, Herr Jesu!" und damit entschlief er sanft am 8. September 1664. —

So weit Anna's Bericht über das selige Ende des geliebten Bruders. Obwohl sie in Johann Gottschalk ihren letzten Bruder, der ihr wie ein Vater gewesen war, verlor, so trug sie doch sein Abscheiden mit bedeutend größerer Ergebung in den allzeit guten und gnädigen Willen des Herrn, als sie zwei Jahre zuvor den Heimgang der Tanten getragen. „Gott lehrte mich," so schreibt sie, „hineinblicken in die selige Versetzung meines Bruders und erkennen, daß wir alle Pilgrimme sind und dieses Leben nur eine Reise ist, und er gab mir zugleich ein heiliges Verlangen, mich selbst zu strecken nach dem himmlischen Vaterlande, dahin mein Bruder mir vorangegangen war." Diese Eindrücke waren so lebendig und kräftig bei ihr, daß sie der Güte ihres Gottes sich nicht genug verwundern konnte. Das lebendige Beispiel des Glaubens, der über Tod und Hölle triumphirt, und der Liebe, die auch im Sterben das Kreuz umklammert hält, und der Hoffnung, die nicht zweifelt an dem, das sie nicht siehet, dieses Beispiel des vollendeten Bruders zog unsere Anna mehr als irgend etwas zuvor nach oben, wo Christus ist. Worte lehren, Beispiele ziehen; gläubige Prediger rufen, gläubige Sterbende rufen noch lauter.

Mit den hohen geistlichen Freuden aber, die Anna nach und bei dem Tode ihres Bruders schmeckte, mischte sich ein nicht geringer Schmerz. Es betrübte sie höchlichst, daß sie je länger je mehr sah, wie sie und Andere, die den ehrwürdigen Christennamen trugen, nicht würdiglich genug dem Evangelio lebten. Es ist ja das eine Betrübniß, die viele Christen vor ihr und nach ihr durchgemacht haben, und die den treffendsten Ausdruck in dem Verslein findet: Das ist mein Schmerz, das kränket mich, daß ich nicht so kann lieben dich, wie ich dich lieben sollte. Sie seufzte nach einem größeren Maaße von Geist und Gnade für sich selbst, für die frommen Utrechter Kreise, in denen sie sich bewegt, für die ganze niederländische Kirche mit allen ihren Lehren und Dienern. Männer wie Boetius und Lodenstein theilten diese ihre Gefühle vollständig und ersehnten und erflehten mit ihr ein neues Wehen des Odems Gottes für Niederland. Es lag unter solchen Umständen sehr nahe, daß Anna's und ihrer frommen Freunde Blicke sich wieder und immer wieder auf jenen Mann Gottes in Genf richteten, von dessen reformatorischer Thätigkeit der vollendete Johann Gottschalk von Schürmann in den letzten Monaten seines Lebens soviel Gutes und Herrliches erzählt hatte. Sie beteten, sie planten, sie schrieben, bis es ihnen endlich gelang, Johannes von Labadie für Niederland zu gewinnen. Als sie, ihn gewonnen hatten, trennten sich Boetius, Lodenstein und die Andern sehr bald von ihm als von einem Manne, dessen Eifern aus der Kirche in die Secte führte. Anna von Schürmann dagegen verband sich desto enger mit ihm, und ihr Lebensgang bis zu ihrem Tode gerieth innerlich und äußerlich unter Labadie's Einflüsse.

Wir würden das Verständniß der letzten und wichtigsten Lebensperiode Anna's uns unmöglich machen, wenn wir uns der genaueren Kenntnißnahme der eigenthümlichen Erscheinung des Johannes von Labadie entzögen.

Fünftes Kapitel.

Johannes von Labadie.

Das Vermächtniß des heimgegangenen Bruders, das Anna's ganzes ferneres Leben beeinflußte und beherrschte, war die Freundschaft mit Johannes von Labadie. Dieser merkwürdige und wenn auch nicht unserer Freundschaft, so doch unserer Bekanntschaft werthe Mann ist am 13. Februar 1610*) zu Bourges in der südfranzösischen Provinz Guienne geboren. Sein Vater, ein katholischer Herr von altem Adel, Gouverneur des Bezirks von Bourges, bestimmte den schwächlichen und kleingestalteten, aber reichbegabten und lebhaften Sohn für das Studium der Rechte. Die besten Schulen in Frankreich waren damals unbestritten in den Händen der Jesuitenväter; der alte Herr von Labadie war nun zwar nichts weniger als ein Freund der Jesuiten, aber weil ihm daran lag, seinen Sohn so gründlich und gut als möglich unterrichtet zu sehen, so gab er ihn, als er eben sieben Jahre zählte, in das weitberühmte Jesuitencollegium zu Bordeaux. Der talentvolle Knabe lernte nun, was die Jesuiten ihn lehrten, nicht nur die alten Sprachen und die Wissenschaften, sondern auch die Verehrung des Ignaz von Loyola und seines Ordens. Es war umsonst, daß der Vater, sobald er etwas von der Liebe seines Sohnes zum Jesuitenorden merkte,

---

*) Im Oprecht Verhaal ist als der Tag seiner Geburt der 10. Februar angegeben, mit der Bemerkung, daß der 10. Februar auch sein Todestag gewesen sei. Schotel folgt dieser Angabe. Anna von Schürmann dagegen im zweiten Theil ihrer Eukleria läßt Labadie am 13. Februar geboren werden und sterben.

ihn schleunigst von der Jesuitenschule weg nach Hause holte; der Vater starb, als Johannes 15 Jahre alt war, der Einspruch der Mutter war bald beseitigt, und im Triumph führten die Jesuiten ihren Zögling in das Colleg zurück. Er entsagte nun feierlich und auf immer dem Berufe eines Rechtsgelehrten, wie überhaupt jedem weltlichen Berufe und gab sich unter Leitung der jesuitischen Väter dem Studium der Theologie mit leidenschaftlichem Eifer hin. Die Kirchenväter Augustinus und Bernhard, die einst auch Luther's Lieblinge gewesen waren, wurden ihm vor allen andern Kirchenlehrern werth, noch werther aber die lateinische Bibel, die er las und wieder las und von der er ganze Kapitel und Bücher auswendig lernte. Je mehr er in die heilige Schrift eindrang, desto glühender wurde seine Liebe zu dem, von dem die Schrift zeugt, daß er der Heiland der Seelen ist. Es ist sehr bezeichnend und wirft ein Licht auf die ganze spätere Richtung Labadie's, daß es weniger das versöhnende Leiden und Sterben unsers Herrn war, welches seine Seele ergriff, als vielmehr das makellose, barmherzige Leben des Heilandes; dieses Leben ohne Gleichen überwältigte sein Gemüth in dem Grade, daß ihm aller Glanz der Heiligen verblich und er gelobte, den Heiland über Alles zu ehren und zu lieben und sich in seinem Dienste zu verzehren. Die Jesuiten fanden die Vorliebe ihres Schülers für die Bibel und seine wachsende Gleichgültigkeit gegen die Verdienste der Heiligen wohl einigermaßen bedenklich, meinten aber seinem ungemeinen Talent einige Sonderbarkeiten nachsehen zu können, zumal er sich hatte bereit finden lassen, nach Verlauf zweier Probejahre sich mit ihrem Orden fester zu verbinden, wenn auch nicht durch die sogenannten solennen Gelübbe, durch die man mit Leib und Seele unauflöslich sich dem Orden zu eigen giebt, so doch durch die sogenannten einfachen Gelübde, die immer noch die Möglichkeit eines künftigen Austritts offen lassen. Auf dem Jesuitencolleg huldigte man dem ganz richtigen pädagogischen Grundsatz, daß man durch Lehren selber lerne; daher erhielt Johannes schon als achtzehnjähriger Jüngling das Amt eines Katecheten. Da seine Katechisationen gradezu glänzend waren und Zeugniß gaben für ein ungemein theologisches Talent, so räumte man ihm auch sehr bald die Kanzel ein, und damit hatte der Vogel sein Haus gefunden und die Schwalbe ihr Nest: Johannes predigte wie mit Zungen, seine früheren Lehrer hörten ihm mit Erstaunen zu und fragten: Woher kommt ihm das? Schon schmeichelten sich die Jesuiten mit der Hoffnung, daß dem Orden in diesem Jüngling ein neues, großes Licht aufgehen werde; — allein sie hatten ihren Zögling viel zu viel in der Bibel lesen lassen, ein sich in die Schrift versenkendes Gemüth hält es auf die Länge nie unter den Jesuiten aus.

Labadie's biblisches Lieblingsbuch war allgemach die Apostelgeschichte geworden. Was er da von dem Leben und Lieben der ersten Christengemeinde las, war so ganz anders als das Leben und Treiben der Jesuiten, daß er auf den Gedanken kam, der Jesuitenorden sei dringend der Reformation bedürftig. Er sagte das den Vätern. Ihre Antwort spitzte sich zu in der Einreichung einer Klage bei dem Erzbischof von Bordeaux, daß Labadie ein heimlicher Protestant sei. Aber das war er damals noch nicht, und es wurde ihm, dem Reichbegabten, nicht schwer, sich gegen diese Anklage siegreich zu vertheidigen. Ein Jesuit aber war er allerdings nun auch nicht mehr, er trat im Jahre 1639 auch äußerlich aus dem Orden aus. Er begab sich nach Paris und schloß sich hier auf einige Zeit an die milden Gegner des Jesuitenordens, die gelehrten Väter des Oratoriums, an; als er auch hier nicht recht gefunden hatte, was er suchte, ging er zu den Jansenisten über. Diese, die in dem Kloster von Port Royal unweit Paris ihren Sammelpunkt hatten, waren voll religiösen Ernstes gegenüber dem Leichtsinn des katholischen Modchristenthums; sie vertheidigten es als Recht und Pflicht aller Christen, sich aus der heiligen Schrift zu erbauen; sie hielten hoch von Augustinus und seiner Gnadenlehre; sie setzten dem äußerlichen Sichabfinden der Jesuitenmoral die Innerlichkeit des mit Christo in Gott verborgenen Lebens gegen= über. Man muß ja sagen, niemals ist der Katholicismus dem Protestantismus so nahe gekommen, als im Jansenismus, am allernächsten in dem Jansenisten Blaise Paskal. Der Janse= nismus wurde später aus der katholischen Kirche herausgedrängt und verengerte sich, statt in die große evangelische Kirche einzu= treten, zu einer besonderen Secte. Diese Secte besteht noch in Holland, sie selbst nennt sich die Kirche von Utrecht, das Volk nennt sie mit dem bezeichnenden Namen „die Altrömischen;" die Zahl der jansenistischen Gemeinden in Holland beträgt heut= zutage 27 mit 5300 Seelen.

Als Labadie Jansenist wurde, waren die Jansenisten noch anerkannte, wenn auch vielfach angefeindete Glieder der katho= lischen Kirche. Labadie glaubte in der jansenistischen Gemein= schaft gefunden zu haben, wonach sich seine Seele sehnte, ein Abbild des Lebens der ersten Gemeinde Jesu Christi innerhalb der katholischen Kirche, und suchte nun im Sinn und Geist des Jansenismus in die todten Glieder der Kirche Leben zu bringen und aus ihnen dem Herrn der Kirche Seelen zu wecken. Der Bischof von Bazas, de Maroni, ertheilte ihm die Priesterweihe; ihm war dabei zu Muthe, als ob nicht der Bischof, sondern Jesus Christus ihm die Hände auflegte; „ich wurde," so drückt er sich selber aus, „der innerlichen Salbung, mit welcher die heilige Dreieinigkeit in jenem Augenblick mein Herz salbte, viel kräftiger gewahr, als des Oeles, mit welchem der Bischof meine Hände salbte." Labadie wirkte nun als Priester und Prediger in verschiedenen Gegenden Frankreichs, vornehmlich in seiner Hei= math Guienne, mit reichem Segen, wenn auch unter fortwährenden

Nachstellungen und Anfeindungen der Jesuiten. Der Bischof de Maroni, der ihn ordinirt hatte, gab ihm das schöne Zeugniß eines ausgezeichneten Arbeiters in dem Weinberge des Herrn, eines unerschrockenen Bekenners Jesu Christi, eines erleuchteten Halbmärtyrers, eines wahrhaft apostolischen Mannes. Er predigte gewaltig und nicht wie damalige Schriftgelehrten; er sammelte die Gläubigen in der verderbten Kirche von der Kirche zu besonderen Kirchlein in der Kirche und hielt mit ihnen biblische Besprechungen und Uebungen der Gottseligkeit; er vertheilte neue Testamente unter seine Zuhörer und leitete sie an, angefochtene Wahrheiten zu vertheidigen und auszuüben. Aber die römische Kirche, wie sie damals war (und wie sie es leider unter jesuitischen Einflüssen immer mehr geworden ist!), konnte ein Element nicht in sich dulden, das mit der Bibel und mit dem Leben nach der Bibel Ernst machte. Die Jesuiten hetzten ihren ehemaligen Zögling von einem Ort zum andern und wußten schließlich die französische Regierung zu bewegen, mit militairischen Maßregeln gegen den unliebsamen kirchlichen Ruhestörer einzuschreiten. Labadie mußte flüchten und entging zu Toulouse nur dadurch der Einkerkerung, daß er sich vor den Häschern in einem Koffer verbarg. Was er schon lange dunkel geahnt, ward ihm nun sonnenklar, daß innerhalb der römischen Kirchenmauern für alles Andre eher Raum sei, als für eine christliche Gemeinde nach dem Bilde der apostolischen Kirche.

Er hatte in Südfrankreich reformirte Gemeinden kennen gelernt. Er hatte auf einer Reise das große theologische Meisterwerk Calvin's, des Genfer Reformators, die Institutionen, in die Hände bekommen und gelesen; von unserm deutschen Reformator Dr. Martin Luther scheint er leider nie etwas gelesen zu haben. Er fand, daß er mit der protestantischen Glaubenslehre übereinstimmte; er hoffte unter den Protestanten auch zu finden, wonach er sich so glühend sehnte, ein Volk, das Gott in Christo Jesu liebe und ihm aufrichtig und in Wahrheit zu dienen beflissen sei. Um dieses Volkes willen, das er zu finden hoffte, verschmerzte er, daß das heilige Abendmahl und der geistliche Stand unter den Reformirten in geringerer Werthschätzung standen, als die Bibel ihm zu erfordern schien, daß unter ihnen kein rechtes beichtväterliches Verhältniß zwischen den Predigern und den einzelnen Gemeindegliedern bestand (in der lutherischen Kirche dürfte er dies eher gefunden haben), daß die Weltentsagung, wie Labadie sie in mönchischer Weise auffaßte und liebte und bis an sein Ende geliebt hat, bei ihnen nicht in hohem Preise stand. Daß er nur Gemeinschaft der Heiligen fände, das war sein heißester Wunsch. So wurde Labadie Protestant, weniger aus Ueberzeugung, als aus Noth und einem unklaren Drange. Der Hauptsitz des französischen Protestantismus war damals Montauban. Hier legte Labadie im Jahre 1650 bei dem reformirten Professor und Pfarrer Garissoles sein Glaubensbekenntniß ab. Die Jesuiten triumphirten und gaben eine Spottschrift heraus: „Offene Landstraße vom Jansenismus zum Calvinismus." Aber auch die Protestanten triumphirten, und Garissoles erklärte öffentlich, er lebe der Ueberzeugung, daß seit Calvin und den ersten Reformatoren nie ein so bedeutender Mensch zur Fahne des lauteren Evangeliums geschworen habe, als Johannes von Labadie.

Sieben Jahre hat Labadie in Montauban verlebt, zuerst in der Stille und Selbstvertiefung, wie Paulus nach dem Tage von Damaskus, dann aber, gleich wie Paulus nach seiner Rückkehr aus Arabien, in Kraft und Geist des Herrn zeugend von der freien Gnade Gottes in Jesu Christo. Man machte ihn zum Prediger und Professor zugleich, einmal bekleidete er sogar die Stelle eines Rectors der protestantischen Academie; in allen diesen Stellungen war er ein gewaltiger und muthiger Zeuge der Wahrheit, die in Christo ist. „Zeigt euch für die reine Lehre, die euch Gott gegeben, dankbar durch ein reines Leben," das war das A und das O seiner Zeugnisse vor Bürgern, wie vor Studenten, und wo diese Zeugnisse gehört wurden, da schlugen sie auch ein und entzündeten in Vieler Herzen die Flamme eines heiligen Eifers. Montauban aber lag in Frankreich, und der Einfluß der Jesuiten war durch ganz Frankreich mächtig. Labadie mußte vor den Nachstellungen der Jesuiten aus Montauban flüchten. Er machte auf seiner Flucht Halt in dem freien Fürstenthum Oranien, predigte auch hier unter ungeheurem Zulauf die Heiligung des Lebens auf Grund der reinen Lehre, und begab sich dann auf den Weg nach London, wohin ihn die dortige französisch-protestantische Gemeinde als ihren Pfarrer berufen hatte.

Sein Weg, ein Umweg und doch der rechte Weg des Herrn, führte ihn über Genf, das man das protestantische Rom hieß. Es war im Jahre 1659; es war grade 123 Jahre her, daß die Genfer einen andern Johannes, nämlich Johannes Calvin auf einer Durchreise festgehalten und zu ihrem Prediger gewählt hatten. Sie hielten jetzt auch Johannes von Labadie auf seiner Durchreise fest. Mit Zustimmung der Londoner Gemeinde blieb Labadie in Genf als einstimmig gewählter Pfarrer. Man pflegt von Genf zu sagen, daß es doppelt sei, ein calvinisches Genf und ein rousseausches Genf; aber man muß hinzufügen, daß es auch ein labadistisches Genf gegeben hat. Labadie ist für die Genfer Kirche gewesen, was später Spener für die lutherische Kirche Deutschlands wurde, ein Reformator des Lebens; Spener aber, das muß doch auch gesagt sein, war Labadie's Schüler.

Eine Reformation des Lebens that in Genf dringend noth. Die damaligen Genfer ruhten auf den Lorbeeren Calvins, aber Calvins Sittenstrenge und evangelische Zucht waren längst dahin. Labadie erkannte das mit Schmerz, aber müßig und sentimental zu trauern, war nie seine Art gewesen, so blieb er auch in

Genf nicht müßig, sondern erhob seine Stimme als eines Johannes Stimme in der Wüste, Buße und Umkehr zu predigen. Er benützte den Zulauf der Tausende, die sich zu seinen Predigten drängten, um, so viel an ihm war, in den weitesten Kreisen die Ueberzeugung zu verbreiten, daß es an der Zeit sei, daß Jerusalem sich reinige von der Ungerechtigkeit und Babel zerstört werde, daß der alte Sauerteig ausgefegt, die Mauern Jerusalems gebaut, der Schaden Josephs geheilt, die Wunden der Tochter Zion verbunden würden. Eine große und heilsame Erweckung der Genfer Gemeinde, ein Regen und Rauschen der Todtengebeine war die Folge der Bußpredigten des neuen Johannes. Die Kirchen vermochten die zuströmenden heilsbegierigen Hörer nicht mehr zu fassen; die Wirthshäuser leerten sich je länger je mehr; die Sonntagsheiligung wurde mit altem calvinischen Ernst wieder aufgenommen; in Handel und Wandel zogen Ehrlichkeit und Gerechtigkeit ein. Geseufzt und geklagt, geredet und geschrieben hatten in der Mitte des siebzehnten Jahrhunderts sowohl unter Lutheranern, als auch unter Reformirten schon gar viele ehrenwerthe Männer über den Verfall des kirchlichen Lebens und über die Nothwendigkeit einer Besserung; Labadie aber ist der Erste gewesen, dem es durch Gottes Gnade gelang, einen heilsamen Umschlag in Richtung und Geist einer ganzen, großen Gemeinde, in Stimmung und Gestaltung ihres Lebens und Treibens hervorzubringen. In vielen kirchlichen Handbüchern geschieht Labadie großes Unrecht, insofern sie seinen Namen nur beiläufig unter den Sectirern und Sonderlingen nennen; so wenig man Labadie's spätere Uebertreibungen und Ausschreitungen billigen kann, so erfordert doch die evangelische Gerechtigkeit, daß man seinen Namen in erster Linie unter den treuen Knechten Gottes nennt, die im siebzehnten Jahrhundert für ein lebendiges Christenthum, für den durch die Liebe thätigen Glauben mit Erfolg eingetreten sind. Der fromme Sänger Tersteegen, der hundert Jahre später lebte, urtheilte, daß Labadie ein treuer Diener Gottes gewesen sei, durchdrungen von der himmlischen Wahrheit, erleuchtet von ihrem Licht und erfüllt mit Eifer für die Herrlichkeit Jesu Christi und das Heil der Seelen. In jenen Tagen seiner Genfer Wirksamkeit aber wurde Labadie von Allen geehrt und geliebt, die es mit der evangelischen Kirche gut meinten; von nah und fern kamen die jungen theologischen Männer ernsteren Sinnes damals nach Genf, um den theuren Knecht Gottes kennen zu lernen, der das große Räthsel, wie der Kopf in's Herz zu bringen ist, gelöst zu haben schien. Franzosen, Engländer, Schweizer, Deutsche lauschten den gewaltigen Predigten Labadie's, nahmen an seinen Conferenzen, wie seine Zusammenkünfte zu gemeinsamer erbaulicher Schriftbesprechung hießen, lebhaften Antheil, und trugen den empfangenen Samen der Gottseligkeit später in ihre heimathlichen Kirchen. Von den deutschen Jünglingen, die kürzere oder längere Zeit in Genf zu Labadie's Füßen saßen, verdienen besonders hervorgehoben zu werden, der reformirte Theologe Theodor Untereyk, der im Jahre 1693 in Bremen als ein treuer und theurer Zeuge Gottes starb, von dessen Leibe viel Ströme lebendigen Wassers geflossen waren, und der lutherische Theologe Philipp Jakob Spener, das gesegnetste Werkzeug Gottes innerhalb der lutherischen Kirche im siebzehnten Jahrhundert. Wir haben noch einen Brief von Spener aus der Zeit seines Genfer Aufenthalts, in welchem er nicht nur mit Bewunderung von der Genfer Kirche und der Frömmigkeit und Humanität ihrer Geistlichen im Allgemeinen spricht, sondern auch insbesondere Labadie als einen feurigen Prediger des apostolischen Christenthums rühmt. Die Hochachtung, die Spener in Genf für Labadie's christliche Persönlichkeit gewonnen, hat er auch später nie verleugnet, als er sich Gewissens halber gedrungen fühlte, wie wir uns auch gedrungen fühlen, über Labadie's Ausschreitungen mißbilligend zu urtheilen. Unter Spener's

Werken befindet sich auch die Uebersetzung einer der Hauptschriften Labadie's; sie führt bei Spener den Titel: „Von andächtigen Betrachtungen, wie solche christlich und gottselig angestellt und geübt werden sollen."

Es war der große Ruf Labadie's, welcher auch Johann Gottschalk von Schürmann nach Genf hinzog. Ein Empfehlungsschreiben des großen alttestamentlichen Theologen Johannes Buxtorf führte ihn bei Labadie ein. Zwei Monate hindurch verweilte er in Genf, gab sich dem Umgange Labadie's mit ganzer jubelnder Seele hin und wurde von seiner Persönlichkeit und seiner Wirksamkeit dergestalt hingenommen, daß er nach Utrecht an seine Schwester schrieb, wenn die Verderbtheit des natürlichen Menschen nicht so verzweifelt böse wäre, so müßte sich wohl ein Jeder zum Heilande bekehren, der nur eine Predigt aus dem Munde dieses gesalbten Knechtes Christi höre. Wir wissen schon, wie Johann Gottschalk nach seiner Rückkehr aus der Schweiz durch seine begeisterten Schilderungen von Labadie in seiner Schwester das herzliche Verlangen erweckte, diesen Mann Gottes kennen zu lernen und wo möglich für die niederländische Kirche zu gewinnen. Sie setzte nach dem Tode des Bruders den Briefwechsel mit Labadie fort, vertiefte sich in seine Schriften und verbreitete dieselben in dem Utrechter Freundeskreise. Boetius und Lodenstein wurden von der Begeisterung Anna's mit ergriffen und meinten, ihrem Vaterland und ihrer Kirche einen nicht geringen Dienst zu erweisen, wenn sie einen so ausgezeichneten Prediger wie Labadie, bewögen, nach Niederland zu kommen und hier Hand an den Pflug zu legen, ein Neues zu pflügen. Noth that ja ein solcher Pflüger in Niederland gar sehr; das geistliche Leben lag hier noch mehr darnieder als in der Schweiz. „O wie ist doch die reformirte Kirche deformirt!" pflegte Lodenstein zu seufzen, und Geisbert Boetius hatte sein academisches Lehramt einst mit einer Rede begonnen „über die Nothwendigkeit der Verbindung der Frömmigkeit mit der Wissenschaft." Nun waren zwar Voetius und Lodenstein selbst tüchtige geistliche Kräfte, aber sie hielten sich nicht selbst für tüchtig und verlangten nach einer tüchtigeren Kraft. Eine solche tüchtigere Kraft hatte längere Zeit hindurch in Middelburg, der Hauptstadt der Provinz Seeland, gewirkt, Wilhelm Thelink, ein geistgesalbter Prediger der Buße und Heiligung; Voetius nannte ihn „den ersten Reformator der niederländischen Kirche in der Lehre von den guten Werken, durch welche der von uns bekannte wahre, seligmachende Glaube wirksam und erwiesen werden muß." Aber Thelink war todt, und in Niederland schien Niemand da zu sein, der die durch seinen Tod entstandene Lücke ausfüllen könnte. Da wurde die französische Prediger=stelle in Middelburg vacant. Sofort traten Anna und ihre Freunde auf den Plan, und siehe da, es gelang ihnen Labadie's Wahl und Berufung in Middelburg durchzusetzen. Anna benachrichtigte ihren Genfer Freund davon in einem Jubelbriefe. Labadie nahm die Berufung an. Seine Genfer Amtsbrüder entließen ihn am 3. März 1666 mit dem ehrenvollen Zeugniß, „daß er an der Erbauung der Gemeinde mit beiden Händen vollständig gearbeitet habe, nämlich mit gesunder Lehre und heiligem Wandel, ein herrliches und vortreffliches Vorbild des Eifers der Gottseligkeit, der Liebe und der Aufrichtigkeit gewährend und sich betragend als ein echter Schüler Jesu Christi, des obersten Hirten und Bischofs der Seelen."

Es waren zehn Tage der rauschendsten geistlichen Freude, die Anna durchlebte, als sie den hochverehrten Mann auf seinem Wege von Genf nach Middelburg im Frühling des Jahres 1666 in ihrem Hause zu Utrecht beherbergen konnte. Wie hoch gingen die Wogen ihres inneren Lebens, als sie mit ihm und seinen drei Freunden, die er mitgebracht hatte, Yvon, Dülignon und Menüret, sowie mit den Utrechter Freunden Voet, Lodenstein u. A. m., die dazukamen, über den Zustand der Kirche, die Nothwendigkeit ihrer Besserung, die Schwierigkeiten, die sich dem Austreiben der Welt aus der Kirche entgegenstellten, Unterredung pflog. Ihr Herz fühlte sich an Alles, was Labadie sprach, wie gebunden; Labadie erfüllte ihr mehr, als sie sich von ihm versprochen hatte; er erschien ihr als der Knecht Gottes, den sie lange gesucht hatte, stark genug, um der Welt in der Kirche den Krieg zu erklären, geschickt genug, um die Seelen Anderer und ihre eigne Seele in den Wegen des Herrn zu leiten. Christus hatte immer einen Platz gehabt in ihrem Leben, seit der Bekanntschaft mit Labadie wurde Christus ihr Leben. Sie ward daher Labadie's Patronin und seine Schülerin zugleich. Unter ihren reichsten Segenswünschen zog Labadie nach Middelburg auf seine neue Pfarre.

Die Jungfrau von Utrecht blieb in Utrecht, aber nicht mehr lange. Labadie hatte sie nicht nur ganz zu Christo, sondern auch ganz zu sich selbst bekehrt. Aus dem Planeten, der selbstständig um die Sonne kreiste, war ein Mond geworden, der sich um einen Planeten bewegt und erst in Begleitung des Planeten um die Sonne.

Sechstes Kapitel.

Anna's Uebertritt zum Labadismus.

Als Labadie noch der katholischen Kirche und in derselben der jansenistischen Vereinigung angehörte, war einmal die Rede davon, daß ihm ein wichtiger Predigerposten in der Normandie anvertraut werden sollte. Aber das damalige Haupt der Jansenisten, der ehrwürdige Barcos, ein feiner Menschenkenner, legte Protest dagegen ein, indem er sagte: „Labadie hat zwar einige Unterthänigkeit des Herzens, aber nicht des Geistes. Er hat mir gestanden, daß er seine eigenthümlichen Ansichten nicht aus den Vätern, sondern aus dem Gebet geschöpft habe. Durch das Gebet aber kann man nur die Gnade erhalten, die im Worte Gottes enthaltenen Wahrheiten mit Nutzen auf sich anzuwenden; doch es ist gefährlich, vermittelst des Gebetes aus sich selber die Materien verstehen zu wollen, das heißt nur seinem eigenen Geiste folgen und ist die Quelle aller Irrthümer und Ketzereien." Barcos ist mit diesem Wort ein Prophet gewesen wider Wissen und Willen; aber nicht in Montauban und nicht in Genf, sondern erst in Middelburg ist seine Prophezeihung in Erfüllung gegangen.

Wir dürfen der schmerzlichen Aufgabe nicht aus dem Wege gehn, wenigstens mit ein paar Worten den Austritt Labadie's aus der evangelischen Kirche und seinen Uebertritt zum — Lababismus zu schildern. Denn dieser Austritt und Uebertritt Labadie's ist für Anna von Schürmann verhängnißvoll geworden.

Nicht aus Ueberzeugung, sondern aus Noth war Labadie einmal Protestant geworden. Er hatte sich in Montauban und in Genf als guten Protestanten gefühlt und sich selber verhehlt, daß ihm zum guten Protestanten zwei Stücke fehlten, nämlich der Glaube, daß die Rechtfertigung aus Gnaden allein um des Blutes Christi willen der Hauptartikel der Heilslehre ist, und der Glaube, daß Gottes Wort allein Regel und Richtschnur des christlichen Verhaltens ist. Der Artikel von der Heiligung, ohne die Niemand Gott schauen wird, stand ihm immer höher, als der Artikel von der Rechtfertigung, daß der Mensch gerecht wird ohne des Gesetzes Werke allein durch den Glauben; und das Gebet, wie Barcos von ihm sagte, war ihm eine selbstständige Quelle der Offenbarung neben dem Worte. Die Genfer Kirche konnte ihm bei seinem Weggang dankbar bezeugen, daß er mit beiden Händen an der Erbauung der Gemeinde gearbeitet habe, aber daß er mit beiden Füßen im Heiligthum der evangelischen Heilslehre gestanden, hat sie ihm nicht bezeugt; die niederländische Kirche hat bezeugen müssen, daß dies Letztere nicht der Fall war.

Schon bei den freundschaftlichen Besprechungen, die während des Aufenthalts Labadie's zu Utrecht in Anna's Wohnung gehalten wurden, wurde Voetius, der alte, fromme Ritter der niederländisch-rechtgläubigen Kirche, einigermaßen bedenklich über Labadie. Sie sprachen über die Heilung der Schäden der Kirche. Voetius sowohl als Labadie beklagten die Verweltlichung der ungeheuren Mehrzahl der Glieder der Kirche. Aber bei der näheren Besprechung traten sie in einen großen und bedeutungsvollen Gegensatz. Voetius erklärte, daß man sich an der Bekehrung der Einzelnen genügen lassen müsse und daß es schlechterdings unmöglich sei, die Welt aus der sichtbaren Kirche ganz herauszubringen, und er war mit dieser Erklärung offenbar im Recht nach Ev. Matth. 13, 28—30. Labadie dagegen erklärte, daß es wie nothwendig, so auch möglich sei und daß er es in Middelburg mit Gottes Hülfe möglich machen werde, und er redete das als Einer, der durch seinen Gebetsumgang mit seinem Herrn darüber Gewißheit haben könne.

In der That gelang es Labadie, die verkommene und verweltlichte wallonische Gemeinde in Middelburg nach kurzer Zeit in eine Gemeinde umzugestalten, die, wie er selber wenigstens von ihr rühmte, den Namen einer Gemeinde verdiente und diesen Namen nicht als einen ererbten und erborgten Titel führen durfte, sondern als einen erworbenen und verdienten. Kühn gemacht durch diesen glänzenden Erfolg und in seiner wider Voetius verfochtenen Ansicht bestärkt, vermochte er sich nicht mit dem, was er in Middelburg erreicht hatte, zu begnügen, sondern es verlangte ihn nach einer Besserung der kirchlichen Zustände in ganz Niederland, zu welcher er sich ohnehin durch Anna's und ihrer Freunde Gebete aus der Schweiz heraus und nach Niederland hin berufen glaubte. Er war überzeugt, daß diese Besserung von selber kommen müsse, wenn es nur alle gläubigen Prediger in ihren Gemeinden so machten, wie er's in Middelburg gemacht. Daß sie es nicht so machten, war sein Kummer. Bei einem der vielen Besuche, die Anna dem geliebten Lehrer in Middelburg abstattete, gab er ihr einen, späterhin gedruckten, Brief an die Utrechter Prediger mit, in welchem er unter Anderm sagte: „Die Beschaffenheit der Heerden hängt von der der Hirten ab. Auch die guten Hirten lassen es vielfach fehlen wie an dem Ernst und an der Strenge eines wahrhaft christlichen Lebens, so an der rechten Kühnheit und Freimüthigkeit, indem sie durch die Welt und ihre weltlichen Rücksichten Vorurtheile und Engherzigkeiten gefesselt sind und als ganze oder halbe Pharisäer selber Alles nur halb thun, was sie Andern auflegen; darum wirken sie aber auch nur Halbes oder Nichts." Durch solche und ähnliche rücksichtslos ausgesprochnen bitteren Wahrheiten, die zugleich dicht an der Grenze lagen, wo die Uebertreibung anfängt, erbitterte Labadie seine niederländischen Amtsbrüder gegen sich, und der sich am meisten getroffen fühlte, Prediger Wolzogen in Utrecht, faßte ganz insbesondere einen großen Widerwillen gegen Labadie und seine Art aufzutreten und zu wirken; er warf Labadie öffentlich vor, daß er ein Chiliast d. i. ein schwärmerischer Vertheidiger der Lehre vom tausendjährigen Reich sei, daß er sich bei den Gottesdiensten nicht an die vorgeschriebenen liturgischen Gebete halte und was deß mehr war. Die Animosität gegen Labadie wuchs in Niederland und wurde allgemein, als er die Unterschrift der niederländischen Einigkeitsformulare, zu welcher jeder Prediger der Staatskirche verpflichtet war, entschieden verweigerte. Er ward gebeten, gemahnt, gedrängt; er blieb dabei, kein Mensch habe das Recht, den göttlichen Beruf und die Predigt des Evangeliums an menschliche Formeln und an die Unterschrift menschlicher Aufsätze zu binden, und er veröffentlichte sogar geharnischte Streitschriften über diesen Punkt, in welchen er als Richter in der eigenen Sache auftrat. Wir können und mögen nicht diesen unerquicklichen Streit in seinen einzelnen Stadien schildern; das Endresultat war, daß die oberste Synode Labadie seines Amtes entsetzte. Labadie verließ seine französische Kirche in Middelburg nicht eher, als bis ihn ein Volksauflauf und obrigkeitliche Gewalt dazu zwang. Nun erklärte er im Prophetentone, daß seine vierzigjährigen Erfahrungen ihn gelehrt hätten, wie es weder in der katholischen Kirche, noch in der protestantischen Kirche möglich sei, eine bereits gebildete und bestehende Gemeinde so einzurichten und umzubilden, wie es nach dem Muster der apostolischen Gemeinde von Jerusalem nöthig wäre. Voetius hatte ihm das schon in Utrecht gesagt, aber hinzugefügt, daß man darum sich an der Bekehrung der Einzelnen müsse genügen lassen. Labadie aber wollte sich daran nicht genügen lassen, und so schied er aus dem Verbande der protestantischen Kirche, wie er einst aus dem der römischen Kirche geschieden war und bildete aus seinen Anhängern eine eigene, separirte Gemeinde, die er „die evangelische Kirche" nannte und die nur aus wirklich zum evangelischen Glauben Bekehrten bestehen sollte. Das ist die Entstehung des Labadismus im Jahre 1669.

Die neue Gemeinde, die im Volksmund den Namen „der Gemeinde von Seeland" erhielt, vermochte sich nicht lange in Middelburg zu halten, sondern siedelte nach Amsterdam über, in welcher Stadt unter dem milden Regiment des edlen Bürgermeisters Konrad von Beuningen große Religionsfreiheit herrschte. In Amsterdam blühte die Gemeinde auf; trotz des Spottes der Welt, trotz der Controverspredigten der kirchlichen Pfarrer, trotz mancher sehr unvorsichtigen Schritte Labadie's „stärkte und erbaute sich die Gemeinde der Gerechten." Wie es mit den Labadisten in Amsterdam stand, ersehen wir ziemlich deutlich aus einem Briefe von der Hand Yvon's, des eifrigsten Freundes Labadie's, an Anna von Schürmann in Utrecht. „Sie kennen," so heißt es in diesem Briefe, „meine liebe Schwester in dem Herrn, Labadie, wie er des Geistes voll ist. Aber seit wir in Amsterdam sind, ist es, als ob der Geist in noch höherem Maaße über ihn ausgegossen wäre. Morgens kommen wir Alle zusammen, und er geht uns voran im Gebet und in der Danksagung, und dann beginnt die Morgenbetrachtung. Darauf geht Jeder an seine Arbeit und an seine geistliche Uebung. Bei Tische kommen wir Alle als Brüder und Schwestern zusammen und essen mit Vergnügen und inniger Liebesfreude. Dann stimmen wir ein Lied an zur Ehre Gottes und unsers theuren Heilandes; und die Abendandacht weiht unsere Herzen, um mit Danksagung Gottes Gaben bei der gemeinsamen Abendmahlzeit zu genießen. Wenn Sie es sehen könnten, würden Sie uns nie wieder verlassen wollen."

Dieser Brief war geschrieben, um die Jungfrau von Utrecht nach Amsterdam, aus der protestantischen Kirche Niederlands in das Kirchlein Labadie's zu locken, und er erreichte seinen Zweck vollkommen. Anna war im Geiste von Anfang an Glied der „Gemeinde von Seeland" gewesen; sie sah in Allem, was Labadie that, die Thaten eines auserwählten Rüstzeuges des Herrn; sie sah auch in seiner Separation den Finger des Herrn. Nichts destoweniger hatte sie den entscheidenden Schritt des Austritts aus der Kirche ihrer Väter noch nicht gethan. Auf den Brief Yvon's aber kam sie sofort nach Amsterdam, sah das Leben der Hausgemeinde Labadie's, schloß sich derselben an und hat sie nie wieder verlassen.

Anna war 62 Jahre alt, als sie in die Labadistengemeinde zu Amsterdam eintrat. In Beziehung auf ihre äußerliche Erscheinung war sie kaum noch ein Schatten ihrer selbst. Zweiundsechszig Jahre reichen hin, um auch der schönsten und frischesten Frauengestalt Schönheit und Frische zu nehmen; Anna aber war es anzusehen, daß nicht nur die Jahre, ja nicht einmal die Jahre in erster Linie, die große Veränderung bewirkt hatten, durch welche die von Geist und Leben strahlende Jungfrau in eine betagte Frau gewöhnlichen Aussehens verwandelt war, die ohne Jemandes Schaden oder Schmerz vom Schauplatz dieser Welt scheiden zu können schien. Ihr hohes Lebensalter und ihre verfallene Gestalt hätten, so sollte man meinen, sie wenigstens vor dem Vorwurfe schützen müssen, als ob sie Labadistin geworden wäre aus den unreinen Motiven der sinnlichen Liebe zu Labadie. Aber als sie, das hochgeborene, vermögende Fräulein, zu Amsterdam in Labadie's Haus zog und seine und seiner Freunde beständige Hausgenossin wurde, da waren die Lästerungen sofort geschäftig, ihr diesen Schritt in der gemeinsten Weise auszulegen. Sie hat dies böse Gerücht getragen als eine Buße, die Gott ihr auferlegt habe für ihre frühere Eitelkeit, da sie sich ihres großen Ruhmes zu selbstbewußt gewesen sei. Sie gestand, daß es ihr zu einer süßen Beruhigung gereiche, auch das Zarteste und Köstlichste, was ihr Geschlecht besitzt, den guten Ruf der äußerlichen Ehrbarkeit zu opfern um des Heilandes willen; sie tröstete sich, hierin sich ihrer Unschuld bewußt, mit dem Beispiel des Heilandes, der, ob ihn wohl Niemand einer Silbe zeihen konnte, doch solches Widersprechen von den Sündern erlitt, ohne wieder zu schelten, da er gescholten ward. So sehr sie ihr ganzes Leben hindurch Ehrerbietung vor den Gesetzen der Sitte und der geheiligten Gewohnheit gehabt hatte, so meinte sie doch in Labadie's Haus durch Gott selber gerufen zu sein, und nichts konnte sie zurückhalten einem Ruf des Herrn zu folgen; übrigens konnte sich dies böse Gerücht nicht lange halten, und es herrschte bald wieder bei Freunden und Feinden des Labadismus über Anna's Sittsamkeit und Ehrbarkeit nur Eine Stimme der Anerkennung.

Ein andres böses Gerücht dagegen ist nie verstummt, nämlich dasjenige, das sie zu einer Schwärmerin stempelt, welche in ihrem Alter überspannt geworden wäre und durch Ueberspannung die Klarheit ihres Geistes verloren habe. Ihr deutscher Biograph Ernst von Münch, der seinen Frauenbiographien das Schiller'sche Wort als Motto vorgesetzt hat: „Das Weib ist nicht schwach, es giebt starke Seelen in dem Geschlecht;" preist Kunst und Wissenschaft „des Wundermädchens von Utrecht" mit liebevollster Anerkennung, beklagt sie aber schließlich als ein Opfer des herrschenden mystisch-polemischen Geistes der Periode, in der sie gelebt, und bezeichnet, was sie nach ihrem Uebertritt zum Labadismus geschrieben, als Auswüchse christlicher Demuth, in welchen die Fortschritte des Alters und die Abnahme der geistigen Kräfte sich kundgeben. Allein der Vorwurf, daß Anna aus Altersschwäche des Geistes Labadistin geworden wäre, ist ebenso ungerecht und ungereimt, als der, daß sie aus Heirathsabsichten zu der Gemeinde von Seeland übergetreten wäre. Trotz ihrer 62 Jahre war Anna so klar und frisch nach dem Geiste, wie sie es nur immer gewesen; aus den Auszügen, die wir unten aus dem letzten und bedeutendsten Werke Anna's, der Eukleria, geben, wird der freundliche Leser sich selbst das Urtheil begründen können, daß Anna's Alter, was Geistesklarheit anbetrifft, wie ihre Jugend gewesen ist und die bekannten Psalmenworte auf sie in ihrer ganzen Ausdehnung Anwendung finden: „Die gepflanzet sind in dem Hause des Herrn, werden in den Vorhöfen unsers Gottes grünen; und wenn sie gleich alt werden, werden sie dennoch blühen, fruchtbar und frisch sein, daß sie verkündigen, daß der Herr so fromm ist, mein Hort, und ist kein Unrecht an ihm."

Aber wenn wir protestiren gegen die Ableitung der Sepa=

ration Anna's aus unlauteren Motiven oder aus Trübung ihres Verstandes, so wollen wir damit von ferne nicht ihre Separation selber in Schutz nehmen. Es ist und bleibt ein folgenschwerer Irrthum, wenn man eine Kirche, in welcher Gottes Wort rein und lauter gelehrt wird und die Sacramente schriftgemäß verwaltet werden, um des unwürdigen Lebens vieler ihrer Glieder willen verläßt — und in's Kloster geht. Der Katholicismus hat keine Secten, aber Klöster; der Protestantismus hat keine Klöster, aber Secten. Die labadistische Gemeinschaft war ein protestantisches Kloster, ein Kloster mit allen seinen Vorzügen und mit allen seinen Gefahren. Es ist ja das ein Vorzug einer frommen klösterlichen Gemeinschaft, daß man, unbeirrt von dem vielfach so sündenvollen Treiben auf dem Markt der Welt, mit lauter gleichgesinnten Seelen dem Heiland, den man über Alles liebt, in Stille und brennender Andacht dienen kann; das Leben erhält den Character einer heiligen Contemplation, und die Welt liegt weit davon. Aber das ist die große Gefahr jedes klösterlichen Lebens, daß man auf die Meinung geräth, der Feind sei gar nicht mehr da, wenn man sein Angesicht vor ihm verbirgt; daß man, der Welt draußen entflohen, auf die Welt im eigenen Herzen kaum mehr Acht giebt; daß man die Welt richtet, ehe man sie überwunden hat; das Leben erhält leicht den Character einer pharisäischen Heiligkeit, und die Welt ist näher, als je. Anna sah nur die Vorzüge, nicht die Gefahren, als sie Labadistin wurde, wie das Katholikinnen, die den Schleier nehmen, ähnlich geht. Anna trat in die Labadistengemeinde ein, um in der Gemeinschaft gottgeheiligter Seelen ganz dem Herrn zu leben und ganz den Zügen seines Geistes zu folgen. Wie ernst es ihr damit war, beweisen ihre Opfer. Sie opferte, was sie sechs Decennien hindurch gehegt und gehabt hatte, Wissenschaft und Kunst, Ehre und Ruhm, Freundschaft und Bequemlichkeit, ja sogar für eine Weile, was einem Weibe theurer ist, als alles das, ihren guten Ruf. Sie opferte für die neue Gemeinde auch ihr nicht unbeträchtliches irdisches Vermögen. Sie verkaufte Alles, was sie in Utrecht und anderwärts an Gütern dieser Welt hatte, und legte den Ertrag in Labadie's Hände, „als eine himmlische Gabe und anvertrautes Gut, das sie als ihr von Gott gegeben für Gottes Sache wiedergebe." Anna sah nur die Vorzüge, nicht die Gefahren der Separation, und wir müssen hinzusetzen, sie ist im Ganzen vor den Gefahren auch gnädig bewahrt geblieben. Der Labadismus hat ihrem Christenthum zwar ein klösterliches, nonnenartiges Gepräge aufgedrückt, aber auch unter diesem Gepräge hat die edle Münze nur den kirchlichen Glanz, nicht den christlichen Klang verloren.

Anna ist Separatistin geworden und geblieben, nicht nur zum Schrecken und Aerger der großen gelehrten Welt, die ihr ihren Uebertritt nie verzieh, sondern auch zu großem Schmerz und Kummer ihrer alten Freunde und Verehrer Voetius, Lodenstein und der andern. Vornehmlich ging dem alten, ehrwürdigen Voetius der Uebertritt der Freundin zum Labadismus nahe und war ihm gradezu ein Stich in's Herz: mit Unwillen wies er die Zumuthung, die ihm gemacht wurde, er solle entweder die Gottlosen aus seiner Utrechter Gemeinde ausschließen oder mit den Gottseligen aus der Kirche austreten und sich an die Kirche von Seeland anschließen, ab und griff in einem öffentlichen Programm die Sectirerei Labadie's sehr scharf an; er schonte dabei auch seine alte Freundin nicht; Anna hat ihm im zweiten Theil ihrer Eukleria sehr maßvoll geantwortet, aber die Antwort kam nicht mehr in seine Hände; er starb im Jahre 1676, zwei Jahre vor Anna's Abscheiden, mit den Worten des h. Bernhard auf den Lippen: „Tausendmal verlange ich nach dir, mein Jesu; wann willst du kommen, wann mich erfreuen? Wann willst du mit dir mich sättigen?" Etwas milder urtheilte Lodenstein über Labadie's und Anna's Absonderung, wie er denn auch zeitlebens (er starb 1677, sein letztes Wort war: „Ich bin voll Gedanken!") mit den Beiden in guter Freundschaft verbunden blieb. Er benutzte die labadistische Separation zu Bußpredigten für die Kirchlichen; „ich will der Absonderung der Labadisten von der Kirche nicht das Wort reden, sagte er in einer dieser Predigten, aber es macht ein großes Bedenken und ist auch ein ziemlich schweres Gericht über die Kirche, daß meist solche Leute aus ihr austreten, die uns Alles behalten lassen, was nach der Welt ist."

Wie verschieden nun aber auch immer das Urtheil über Anna's Uebertritt zum Labadismus lauten möge, die Thatsache steht fest, daß Anna selbst ihren Uebertritt nicht nur nie bereut hat, sondern auch im Labadismus fort und fort sich glücklich und beruhigt gefühlt hat. Sie war glücklich, daß sie jetzt Tag für Tag der geistlichen Unterweisung und Mahnung eines Knechtes Gottes genießen konnte, der ihr als das ausgezeichnetste Rüstzeug Gottes unter den Lebendigen galt. Sie war glücklich, daß sie jetzt einer christlichen Familie angehörte, in deren Gliedern der Geist Gottes ihr mächtig erschien wie in den Tagen der ersten Christenheit. Sie war glücklich, daß sie mit ihren Händen nicht mehr eitler Kunst, sondern nützlicher Arbeit dienen durfte. Sie war glücklich, daß sie nicht mehr von bezahlten Dienerinnen, sondern von ebenbürtigen Schwestern umgeben war, von denen eine der andern diente. Ihr früheres Leben erschien ihr als ein christliches Träumen, ihr jetziger Zustand als eine christliche Erweckung zum fröhlichen Morgenroth. Sie hatte keinen andern Wunsch mehr, als daß Alle würden wie sie, Alle besprengt mit dem Blute des Herrn, Alle sich sammelnd zu einer einigen heiligen Gemeinde Jesu Christi.

Wir müssen ja sagen, daß Anna geirrt hat. Grade nun, wo sie gründlich erweckt zu sein meinte, ließ sie sich in einen süßen Traum einwiegen. Es ist ein Traum, wenn man, was für die neue Erde unter dem neuen Himmel verheißen ist, schon auf dieser alten Erde unter diesem alten Himmel sucht und gefunden zu haben meint, eine Gemeinde ohne Welt. Anna hätte schriftgemäßer und gottgefälliger gehandelt, wenn sie, anstatt sich einem ruhevollen Glaubensleben in einem kleinen abgeschiednen Kreise frommer Seelen hinzugeben, der Kirche ihrer Väter, in der trotz aller Verderbniß im Leben, doch immer noch die Predigt des Evangeliums zu finden war, treu geblieben wäre; so hätte sie durch Wort und Wandel stärken können, was da sterben wollte. Allein wir müssen doch eben auch sagen, Anna hat geirrt aus Liebe zum Herrn. Eine protestantische Klostergemeinschaft, wie der Labadismus war, ist ja ein Widerspruch im Beiwort, und an diesem Widerspruch ist der Labadismus auch nach kurzer Blüthe früh verwelkt. Aber Anna hat, wie sie das Verwelken nicht erlebt hat, so auch den Widerspruch nicht erkannt.

Anna ist bis an ihr Ende eine begeisterte Labadistin, aber auch eine innige evangelische Christin geblieben.

Siebentes Kapitel.
Anna's Pilgerreise durch Deutschland.

Auf deutschem Boden war Anna geboren; es gehört zu den wunderbaren Fügungen Gottes in Anna's Leben, daß sie durch ihren Anschluß an die Person des Franzosen Labadie aus den Niederlanden auf deutschen Boden zurückgeführt wurde und daß sie in deutscher Luft das Hauptwerk ihres Lebens, ihr Goldbuch, die Eukleria, geschrieben hat.

Zwei deutsche Städte waren es, in denen Anna, nachdem sie Labadistin geworden war, die nächsten fünf Jahre ihres

Lebens verlebte, Herford in Westfalen und Altona in Holstein.

Das kaiserliche, reichsunmittelbare Stift Herford an der Werre war weiland in den Tagen des Kaisers Ludwig des Frommen von einem Enkel Wittekinds für vierzehn Edelfräulein gestiftet und fürstlich ausgestattet worden. Kaiser Ludwig bestätigte die Stiftung im Jahre 839 und schenkte ihr nach seiner gewohnten, frommen Freigebigkeit reiche Güter dazu. Die spätern Kaiser hatten dieselbe Gunst und Freigebigkeit für das Stift, so daß die Abtei Herford allmälig zu einer der ansehnlichsten geistlichen Herrschaften im deutschen Reich heranwuchs. Die Aebtissin wurde in der Domkirche gekrönt, mit dem Titel einer Fürstin und Prälatin des heiligen römischen Reiches belehnt und unter die regierenden Häupter gerechnet. Nach der Reformation erhielt Herford lutherische Aebtissinnen, und im Jahre 1667 wurde die Prinzessin Elisabeth, Tochter des Kurfürsten Friedrich V. von der Pfalz, Aebtissin des reichen und weithin berühmten Stifts.

Wir wissen schon, daß die Prinzessin Elisabeth in den Tagen ihrer Jugend herzliche Freundschaft mit dem Fräulein von Schürmann geschlossen hatte. Unter allen Wechselfällen ihres vielbewegten Lebens hatte die Prinzessin nie ihre holländische Jugendfreundin aus den Augen verloren. Drei Jahre nach ihrer Erhebung zur Aebtissin von Herford drangen dunkle Gerüchte zu ihr, daß das Fräulein von Schürmann unter Mitwirkung eines französischen Geistlichen eine klosterartige Stiftung für adlige Damen in Amsterdam in's Werk zu setzen sich bemühe und dabei Volk und Regierung wider sich habe. Die hochherzige Fürstin beschloß sofort, der alten Freundin zur Förderung ihres Vorhabens in Herford ein sicheres Asyl anzubieten und zu gewähren. Sie gab einer ihr nahe stehenden vornehmen Person im Haag den Auftrag, sich für sie zu erkundigen, was an den Gerüchten Wahres wäre, und Anna von Schürmann zur Uebersiedelung nach Herford zu veranlassen. Aber die betreffende Person im Haag war nichts weniger als labadistisch gesinnt, und sandte daher statt aller Antwort zwei sehr scharfe antilabadistische Broschüren, die eben im Druck erschienen waren, nach Herford. Die Prinzessin las die Broschüren und fand, „daß dieselben mehr nach den unruhigen Wassern des höllischen Morastes, als nach den klaren Strömen der Lebensfluth schmeckten." Sie machte den Schluß, daß eine Sache, die mit so ungeistlichen Waffen angegriffen würde, eine gute geistliche Sache sein müsse; und mit ihrem Verlangen, die alte Freundin aus unliebsamen Umgebungen herauszuretten, vereinigte sich der lebhafte Wunsch, die Sache der Labadisten durch eigene Anschauung kennen zu lernen. Sie versicherte sich der Zustimmung des Schirmherrn von Herford, des großen Kurfürsten von Brandenburg, der die edle niederländische Prinzessin Luise Henriette zur Gemahlin gehabt hatte, und trat dann in directe Correspondenz mit Anna. Sie schrieb ihr unter Anderm, „daß sie wohl wisse, wie Anna sich aus den Banden der Dinge dieser Erde loszumachen begonnen habe, um die christliche und evangelische Religion mit mehr Freiheit und Reinheit in der Gesellschaft der Frommen zu üben und so auch die letzten Handlungen ihres Lebens glücklich zu beschließen; daß sie ihrer alten Freundschaft eingedenk sei und darum ihr und den Ihrigen eine öffentliche und ungehinderte Ausübung ihres Gottesdienstes in ihrer Herrschaft zu Herford anbiete."

Anna war hocherfreut durch dies Schreiben der fürstlichen Freundin, und sie theilte es sofort an Labadie und die übrigen Gemeindegenossen mit. Einstimmig wurde der Ruf der Prinzessin als ein Ruf vom Herrn begrüßt und des Herrn Gnade gepriesen, welcher Weg allerwegen hat, um die Seinen aus den Händen der Widersacher zu retten. Die Lage der neuen Gemeinde in Amsterdam war doch gar bald schwierig und immer schwieriger geworden, wie Anna es ansah: „durch den Haß der kirchlichen Weltlinge;" so hatte die Gemeinde schon öfters geseufzt: O hätte ich Flügel wie Tauben, daß ich flöge und etwa bliebe, siehe, so wollte ich mich ferne weg machen! Nun boten sich zwar gleichzeitig mehrere Aushülfen an, aber die von der Prinzessin dargebotene war nach Aller Urtheil die willkommenste. Die Prinzessin wurde, so rasch es sich thun ließ, benachrichtigt, daß Anna und die Ihrigen von der ihnen angetragenen hohen Gastfreundschaft mit Freuden Gebrauch machen würden.

Im Oktober 1670 begab sich denn Anna mit Labadie und 48 Freunden und Freundinnen (die übrigen Glieder der Gemeinde sollten theils folgen, theils unter Aufsicht eines hervorragenden Aeltesten in Amsterdam bleiben) auf die Reise nach Westfalen. Die kleine geistliche Karawane wählte den Seeweg, der für die damaligen Zeiten der sicherste und bequemste war, und schiffte sich in Amsterdam nach Bremen ein. Anna kann nicht genug rühmen, was für eine fröhliche Seereise das gewesen sei; wiewohl sie während der Seefahrt dem Leibe nach sehr schwach war, da sie von beständigem Fieber geplagt wurde, so ging doch ihr Geist in Sprüngen inmitten einer Pilgergesellschaft, „deren Mitglieder nach dem Reiche des wahren Christenthums strebten und sich fortdauernd an ihrem Heiland ergötzten." „Es waren wohl Reisende auf dem Schiff," so erzählt es uns Anna, „die über die kühle Seeluft klagten und unter den Leiden der Seekrankheit murrten, aber," wir citiren Anna's Worte, „diese waren nicht von uns; denn sie erwiesen sich als solche, die nicht geübt waren in der Selbstverleugnung." In Bremen wurde die holländische Gesellschaft mit großem Mißtrauen empfangen und nach zwei Tagen von Magistrats wegen genöthigt, die Stadt zu verlassen. Desto freundlicherer Empfang harrte ihrer zu Herford. Die Prinzessin hatte für Anna und deren nächste Begleiter sogar ihre Hofkutschen bis Minden entgegengesendet. Als die Gesellschaft auf Herford'schem Gebiete angelangt war, erkannte sie, wie Anna sich ausdrückt, die Barmherzigkeit Gottes und pries seine Wege. Zunächst wurde Wohnung genommen in Hütten auf der sogenannten Freiheit, dem Gebiet der Abtei, bald aber wurden Miethswohnungen in der Stadt bezogen.

Doch die Ruhe des Einzugs in Westfalen war nichts als die Stille vor dem Sturm. So vertrauensvoll und herzlich die Prinzessin ihre Jugendfreundin und alle Personen, die sie mitbrachte, begrüßte und aufnahm, so widerwillig empfingen der Rath der Stadt Herford, die gut lutherische Geistlichkeit und das Volk die fremden Ankömmlinge. Der Rath bestritt der Aebtissin des Stifts gradezu das Recht, reformirte Separatisten zu dulden, und wandte sich klagend und verklagend an den kurfürstlichen Schirmherrn Friedrich Wilhelm in Berlin. Die kirchlichen Pfarrer, allen Ernstes und wahrlich nicht ohne Grund bangend für die reine Lehre und den kirchlichen Frieden, predigten und schrieben gegen die holländischen Quäker und Wiedertäufer. Der Pöbel schimpfte, spottete und ging sogar zu rohen Gewaltthätigkeiten über; Anna von Schürmann hatte persönlich darunter zu leiden, sie erhielt einen Steinwurf und wurde verwundet. Die Prinzessin war empört; sie ließ zum Schutz ihrer holländischen Freunde hundert kurfürstliche Dragoner kommen.

Unter dem Kreuz blüht der Glaube, das ist eine alte Erfahrung. Die ganze Gemeinde und Anna mit ihr erlebte in dieser Zeit des äußeren Druckes eine durchgreifende Erweckung und Erneuerung; Anna nennt dieselbe für sich ihre endliche und völlige Bekehrung. „Gott umgab mich," schreibt sie davon, „mit einer solchen Fülle seiner unendlichen Majestät und prägte mir ein so tiefes Gefühl seiner göttlichen Gegenwart und Güte ein, daß ich mich mit allen meinen Begierden und mit allen meinen gegenwärtigen und zukünftigen Gütern und Uebeln gleichsam auf's Neue rücksichtsloser und mit reinerem Glauben und Liebe als jemals ihm ganz hingab, und mit gänzlicher Beiseitesetzung meiner selbst, als des Eigenthums eines Andern, nämlich Gottes und Christi, des Erben von Allem, von der Zeit her an nichts Anderes dachte, als seinen göttlichen Willen zu erfüllen." Labadie, die Seele der ganzen Gemeinschaft, predigte in Herford mit ungemeiner Seelenstärke und einem unvergleichlichen Feuer der Inbrunst und mahnte mit einer ganz neuen Beredtsamkeit und Eindringlichkeit zur Selbstverleugnung, Abtödtung und Gottesliebe, daß die ihn hörten — und auch die Prinzessin Elisabeth war regelmäßig unter seinen Zuhörern — „durch Ströme von Thränen zum Jauchzen in Christo" kamen. Leider überspannte sich die große geistliche Freude der Labadisten in Herford zur „Exultation," wie sie es nannten, zu einem geistlichseinsollenden Hüpfen und Springen, für dessen gottesdienstliche Berechtigung sie sich mit ziemlich wunderlicher Exegese auf die biblischen Beispiele von Moses, Aaron, Mirjam und Debora beriefen. An dieser sectirerischen Exultation nahmen die Herforder Pfarrer mit Recht den allergrößesten Anstoß, wie denn auch die Gütergemeinschaft, die Labadie in Herford einführte, sehr bedenklich war. Die Ehen, die Labadie und zwei seiner Freunde mit den drei reichsten holländischen Edelfräulein, die zur Gemeinde gehörten, in Herford schlossen, boten den Gegnern wenigstens einen Schein des Rechtes für böse Nachrede.

Wir schreiben keine Geschichte des Labadismus und können daher nicht alle Einzelheiten der Entwickelung der labadistischen Gemeinde in Herford schildern. Wir bemerken nur, daß es den Labadisten ging, wie es allen von der Kirche sich Separirenden zu gehen pflegt: Die Absonderung erzeugt Absonderlichkeiten. Indem wir uns die innige Marienseele Anna's mitten unter den labadistischen Absonderlichkeiten denken, können wir uns eines sehr wehmüthigen Gefühls nicht erwehren. Dieses Gefühl wächst, wenn wir den Bericht lesen, den ein glatter Weltmann, der Geschichtsforscher Paul Hachenberg über einen Besuch, den er als Hofmeister des pfälzischen Kurprinzen Carl mit seinem Zögling in Herford gemacht hatte, damals veröffentlichte. „Wir begaben uns," schreibt Hachenberg unter Anderm in diesem Bericht, „nach Labadie's Haus; gleich an der Thür erschien in einem sehr schlechten Anzuge Fräulein von Schürmann, die uns mit einem kalten Gruße empfing. Man führte uns in ihr Zimmer, wo viele schöne Gegenstände unsre Blicke auf sich zogen, Gemälde von der Hand der sehr gelehrten Jungfrau, welche mit der Natur um die Wahrheit stritten, desgleichen Holz- und Wachsbilder von sprechendem Ausdrucke, welche unsere Bewunderung erregten." Anna, die Thürhüterin eines Sectenhauptes, unter den Trümmern ihrer ehemaligen Herrlichkeit — auch ein Bild zum Malen, aber ein sehr trauriges! Und doch Anna selbst war nicht traurig. Sie fühlte sich wohl in ihrer Niedrigkeit, sie war voll großen Muthes in ihrer Demuth; sie hielt mit rührender Treue an einer Sache fest, welche sie nun einmal, wie sehr auch Wahrheit und Irrthum in derselben bunt durch einander gemischt waren, für die lautere Wahrheit hielt. Eine besondere Erquickung und Gebetserhörung war für sie — das Hineinwachsen ihrer fürstlichen Freundin, der Prinzessin, in den Labadismus. Die Prinzessin wohnte den Andachten und Erbauungsstunden der Gemeinde bei, so oft sie nur konnte, und pries sich mehr als einmal glücklich, daß Gott sie vor Andern gleichsam zur Wirthin und Beschützerin seiner wahren, aus echten Gläubigen gesammelten Gemeinde ausersehen habe. Anna's Freude in dieser Beziehung erreichte ihren Höhepunkt, als die Fürstin ihr eines Tages in großer Bewegung sagte: „Ich glaube nun fort nicht um deiner Rede willen, ich habe selbst gehöret und erkannt, daß diese Männer (Labadie, Yvon und gleichgesinnte Männer) wahre und von Gott gelehrte Diener Christi sind."

Ganz andrer Meinung als die Prinzessin war und blieb der nüchterne, von den lutherischen Pfarrern berathene Rath der Stadt Herford. Er setzte seine Klagen gegen die holländischen Eindringlinge, denn das waren die Labadisten in seinen Augen, beim Kurfürsten in Berlin fort und appellirte, als er hier nicht geneigtes Gehör genug zu finden meinte, an das kaiserliche Reichskammergericht zu Speier. Dieses fertigte, nach kurzer Untersuchung, ein dem Rathe der Stadt sehr freundliches Mandat am Reformationstage des Jahres 1671 aus und gab der Prinzessin bei Strafe von dreißig Loth Goldes und unter Androhung der kaiserlichen Acht die Ausweisung der fremden Sectirer auf, „weil durch deren Aufenthalt im deutschen Reiche große Weiterung, Aufruhr, Empörung und Blutvergießen entstehen möchte, auch das Zusammenwohnen beider Geschlechter unter einem Dache der Ehrbarkeit, gemeinem Besten, Nutz und Wohlfahrt, auch allem Rechte zuwider sei." Als der Rath von Herford triumphirend dies Mandat publicirte, flüchtete die aufgescheuchte Gemeinde sofort aus der Stadt und ihrem Weichbilde auf die eine Stunde nördlich von Herford gelegene Domaine Sundern, die auch der Prinzessin zugehörig war, aber unter Ravensberg'scher Herrschaft stand. Die Prinzessin aber machte sich sofort auf den Weg nach Berlin, um gegen das hinter ihrem Rücken, wie sie klagte, erschlichene Mandat des Reichskammergerichts bei dem Schirmherrn der Abtei, dem großen Kurfürsten, Hülfe zu suchen.

Die Rückkehr der Prinzessin verzögerte sich. Beunruhigende Gerüchte von dem Ausbruch eines Krieges zwischen Frankreich und den Niederlanden setzten die Gemüther in Aufregung. So hielten es Labadie und seine Anhänger für gerathen und geboten, freiwillig Westfalen zu räumen. Am 23. Juni 1672 nahmen sie Abschied von einer Gegend, „in welcher sie keiner ferneren Ausbreitung der göttlichen Gnade und des Reiches Christi entgegensahen und welche sich so undankbar gegen friedsame Diener des Herrn und den heilsamen Dienst seines reinen Evangeliums benommen habe." Als die Prinzessin auf ihre Abtei zurückkehrte, fand sie ihre Schützlinge nicht mehr vor; schmerzlich bewegt rief sie aus: „Ach, hätten sie mich doch meine Gotteskinder behalten lassen!" Bald nachher kamen allerlei Kriegsdrangsale über die Stadt Herford. Zuerst rückten befreundete, dann feindliche Truppen in Herford ein, und der gedemüthigte Rath mußte die Hülfe der von ihm so schnöde behandelten Aebtissin anrufen. Da that Elisabeth in ihrem und der Stadt Namen in einem Briefe an Anna das reumüthige Bekenntniß: „Wir haben gesündigt!" Die Prinzessin blieb bis an ihren im Jahre 1680 erfolgten Tod auch aus der Ferne den Labadisten eine freundliche Gönnerin.

Die auf's Neue in die Fremde hinausgestoßene Labadistengemeinde wandte sich nach Altona in Holstein, in welcher Stadt seit dem Jahre 1601 völlige Religionsfreiheit bewilligt war. Dieser Freiheit durfte sich die Gemeinde und Anna mit ihr von Johanni bis Weihnachten 1672 in vollem Maaße erfreuen. Dicht vor Weihnachten aber erschien bei Labadie einer der städtischen kirchlichen Pfarrer, um von ihm und seinen Genossen die weihnachtlichen Stolgebühren einzufordern, die nach altem, aber nicht sehr schönem Herkommen den lutherischen Predigern der Stadt von jedem Einwohner, unangesehen seine Religion und Confession, selbst von den Juden, entrichtet werden mußten. Gegen solche Forderung sträubte sich natürlich Labadie's Gewissen als gegen eine maßlose Tyrannei, und er und die Seinen schlugen es rund ab, diesen kirchlichen Zoll zu entrichten. „Wir sind bereit," so erklärten sie, „alle Lasten zu tragen, die uns die weltliche Regierung auflegt; aber von allem Uebrigen hat uns Christus, unser Heiland, durch sein Sterben und Auferstehen erlöst; überdies steht es Dienern der Kirche nicht zu, von Unwilligen durch Drohung und Gewalt das zu erpressen, was sie zu ihrem Lebensunterhalt nöthig haben." Der Prediger, der sich in seinem guten Rechte angetastet sah, meldete die Weigerung dem Bürgermeister, der Bürgermeister brachte sie vor den Landesherrn, den König von Dänemark, und der König befahl zürnend, daß die Labadisten als Uebertreter der ersten Bürgerpflicht, der Ruhe, ehe wieder Weihnachten käme, Stadt und Land zu räumen hätten.

So hatte es denn allen Anschein, als ob die Gemeinde auch in Altona trotz der althergebrachten und verbrieften Religionsfreiheit nicht zur Ruhe kommen sollte. Aber als die Noth am größten war, war Gottes Hülfe am nächsten. Die Labadisten hatten eine einfache und rührende Bittschrift beim Könige eingereicht, Seine Majestät möchten um der alten und kranken Glieder willen, welche in der Gemeinde vorhanden seien, einen gnädigen Aufschub geben und gestatten, daß die Gemeinde bis zum Frühjahr 1674 Freiheit, in Altona zu bleiben, hätte. Diese Bittschrift machte einen so guten Eindruck auf den König Christian V., daß er ein Interesse für die Labadisten gewann, sich näher nach ihnen erkundigte, den Ausweisungsbefehl ganz und gar zurücknahm und die Gemeinde seines königlichen Schutzes versicherte.

Das Gewitter war nach kurzem Wetterleuchten verzogen, und freundlicher Sonnenschein machte die Herzen fröhlich. War die Einwohnerschaft von Altona zunächst etwas mißtrauisch und in Folge der Weihnachtshändel feindselig gegen die Labadisten gewesen, so zollte sie bald immer mehr den stillen, frommen Leuten Anerkennung und Liebe. Die leichte Verbindung mit den Niederlanden kam der Gemeinde in Altona ebenfalls zu gute; sie vermehrte sowohl ihre Mitgliederzahl, als auch ihren äußerlichen Einfluß. So wurde Altona wider alle Hoffnung ein sicheres Pella für Anna und ihre Freunde. Die Gemeinde erbaute sich in großem Frieden und läuterte sich auch von manchen Schlacken; sie wurde in vielen Stücken einer stillen und fleißigen Herrnhutercolonie unserer Zeit immer ähnlicher, eine grüne Oase lebendiger Heilandsliebe. „Unsere Gemeinde," schreibt Anna darüber, „ist wie ein Garten, dessen Grund in Amsterdam abgezeichnet und umzäunt wurde; zu Herford ist er bepflanzt und befeuchtet worden und hat verschiedene Blumen und auch Früchte getragen; aber als derselbe von dort ganz und gar versetzt werden mußte, sind seine Früchte zu Altona reif, sichtbarer und dauerhafter geworden."

Labadie, der Gründer und das Haupt der Gemeinde, hatte in Altona einen ruhigen, selig=heiteren Lebensabend. Er hielt seine Augen von der großen Kirche der herrschenden Confessionen, denen er früher angehört hatte, abgewandt und weidete sie unverwandt an dem Anblick seiner kleinen, ihm getreuen Schaar. „Christus," sagte er einmal in einer der Altonaer Gebetsversammlungen, „herrscht unter uns; Gott hat uns ausgeführt aus der Welt, um uns auf ewig mit sich selber zu vereinigen. Ich erblicke endlich, was zu schauen ich mich so sehr gesehnt habe; mir bleibt kaum etwas zu thun übrig. Gott wird unter uns erkannt, geliebt, geehrt und verherrlicht — was können wir mehr wünschen? Ich kann ruhig sterben!" Wie er gesagt, so ist's geschehen; er ist in Altona ruhig gestorben, am 13. Februar 1674, an seinem Geburtstage, grade 64 Jahre alt, Gottes Lob auf den Lippen, Gottes Liebe im Herzen. Er hatte sein Leben lang für frommes Leben geeifert, das ist seine Lichtseite; aber er hat in diesem Eifer den Knoten zerschnitten, statt gelöst, und ist statt eines Reformators ein Sectirer geworden und in der Trennung von der Kirche gestorben, das ist seine

Schattenseite. Christi Blut hat auch diesen seinen Schatten bedeckt, und so ist er nach einem vielbewegten Leben, nach einer ruhelosen Wanderung durch verschiedene Kirchen und verschiedene Länder, eingegangen in das Land, das nur Eine Kirche kennt, die triumphirende, deren Glieder alle Vollendeten sind, die ihre Kleider helle gemacht haben im Blute des Lammes. Wir verdanken einem alten holsteinischen Kirchenhistoriker J. A. Bolten (Historische Kirchennachrichten von der Stadt Altona, 1790) die Nachricht, daß Labadie's sterbliche Hülle auf einem besonderen Gottesacker begraben ist, den seine Anhänger mit königlicher Erlaubniß in dem Garten ihres Hauses in der Johannisgasse anlegten; derselbe Gewährsmann berichtet uns auch, daß Anna während ihres Aufenthalts in Altona ein besonderes Haus in der Reichengasse bewohnt habe.

An die Spitze der Gemeinde trat nach des Gründers Tode sein nächster Freund und Genosse Peter Yvon, der uns schon einige Male begegnet ist, ein gottesfürchtiger und gründlich gelehrter Mann, der zwar ganz und gar Labadie's Anschauungen theilte, aber viel ruhiger und besonnener war, als Labadie. Er hat mitsammt der Gemeinde nur noch ein einziges Jahr in Deutschland ausgeharrt, dann hat er sie zurückgeführt nach Niederland, der labadistische Josua nach dem labadistischen Moses. Die Wege der Gemeinde aber sind auch Anna's Wege gewesen. Ehe wir indessen Anna's Uebersiedelung nach dem irdischen Niederland — und nach dem himmlischen Hochland in's Auge fassen, wollen wir in einem besonderen Kapitel des schon oft genannten, und noch öfter von uns benützten Hauptwerkes ihres Lebens gedenken, das sie in Altona nach seinem Haupttheil geschrieben und herausgegeben hat, der Eukleria.

Achtes Kapitel.

Anna's Eukleria.

„Eins ist noth; Maria hat das gute Theil erwählet, das soll nicht von ihr genommen werden." Dieser Bibelvers bildet die Aufschrift und giebt die Titelerklärung der Eukleria, des güldenen Kleinods aus dem Leben und Wirken Anna's. „Eukleria" ist ein griechisches Wort und heißt zu deutsch: „Erwählung des guten Theils." So hat Anna ihre Selbstbiographie genannt, weil sie darin ihr Leben beschrieben hat als das Leben einer Christenseele, die das Marientheil immer gesucht, lange schlecht gesucht, endlich recht gesucht und auf ewig gefunden hat.

Anna hat dies Hauptwerk ihres Lebens aller Wahrscheinlichkeit nach schon in Herford seit 1670 begonnen, zum wenigsten vorbereitet. Vollendet ist der erste und größte Theil des Werkes in Altona, in lateinischer Sprache; im Jahre 1673 ward die Eukleria zu Altona in der Druckerei, welche dort der labadistischen Gemeinde gehörte, gedruckt und in den Buchhandel gegeben. Den zweiten und letzten Theil schrieb Anna, ebenfalls in lateinischer Sprache, zu Wiewerd in Westfriesland, wohin sie am Spätabend ihres Lebens mit der Gemeinde wanderte; er ist erst nach ihrem Tode, im Jahre 1685 zu Amsterdam herausgekommen. Das lateinische Original der Eukleria scheint von vorn herein nur eine kleine Auflage gehabt zu haben; wenigstens war es hundert Jahre später so gut wie vergriffen; im Jahre 1782 zu Dessau noch einmal gedruckt, ist es jetzt, nachdem wieder hundert Jahre verflossen sind, wieder äußerst selten geworden, so daß Einige sogar allen Ernstes die Existenz des ganzen Werkes, noch Mehrere die des zweiten Theiles in Zweifel gezogen haben. Man kann an der Existenz beider Theile nicht zweifeln, wenn man sie schwarz auf weiß vor sich hat. Dem Verfasser liegt durch Güte der Königlichen Bibliothek in Berlin die lateinische Eukleria nach ihren beiden Theilen in der Dessauer Ausgabe von 1782 vor; diese Ausgabe enthält in einem Anhange noch verschiedene Briefe über Anna's Abscheiden, Lobgedichte auf Anna und Briefe von Anna. Eine deutsche Uebersetzung der Eukleria ist ebenfalls zu Dessau im Jahre 1783 herausgekommen; eine holländische Uebersetzung mit einer werthvollen Vorrede erschien schon ein Jahrhundert früher, im Jahre 1684 zu Amsterdam. Das Buch von Yvon „Oprecht verhaal van het leven van den heer van Labadie" enthält als Anhang die holländische Uebersetzung der ersten Hälfte des zweiten Theils der Eukleria (bis zum fünften Abschnitt des dritten Kapitels), diese holländische Uebersetzung ist möglicher Weise von Anna's eigener Hand. Aus ihr hat der Verfasser zuerst Anna von Schürmann kennen gelernt.

Die Eukleria hat sowohl nach Form als nach Inhalt die sich widersprechendsten Urtheile erfahren. Die Meisten, auch die dem Inhalt vollständig abhold waren, haben die Form gepriesen, das schöne, elegante Latein, den edlen Stil und was deß mehr ist. Die Vorrede zur Dessauer Ausgabe dagegen bemerkt: Wenn Anna's lateinische Jugendwerke sich durch Glanz des Stils, gewählte Worte und kunstvolle Satzverbindung auszeichnen, so vermißt man in der Eukleria nicht selten dies Alles; Anna hat in der Eukleria die Eleganz der Sprache vernachlässigt, weil sie, als sie dieses Werk schrieb, gefällige Ausdrucksweise auch zu den Eitelkeiten der Eitelkeiten rechnete. Wir überlassen willig und billig diese offene Frage den Sprachgelehrten. Noch widersprechender aber ist der Inhalt der Eukleria, der uns hier allein angeht, beurtheilt worden. Wir haben Urtheile gelesen, wie die: „Die Eukleria ist über die Maßen schön und nur mit Gold zu vergleichen;" „sie ist ein köstliches Juwel, ein Schatz für Verstand und Herz;" und wir haben auch solche Urtheile gefunden: „Dem Buch ist nicht zu trauen, es riecht nach Labadismus," und auch solche: „Die Eukleria ist das extravagante Product einer kindischen Alten."*) Wir meinen, daß für jeden evangelischen gläubigen Christen, der die Eukleria mit Nachdenken gelesen, das Urtheil über den Inhalt keine offene Frage sein kann.

Es ist von vornherein zuzugeben, daß die Eukleria „nach Labadismus riecht." Wie sehr und in welcher Art, davon geben Anfang und Schluß der Eukleria hinreichendes Zeugniß. „Da es," so beginnt die Eukleria, „durch alle öffentlichen Schriften einiger berühmten Männer, die mich sonst mit ihrem Wohlwollen beehrten, bezeugt ist, daß sie meine neue Lebensweise in hohem Grade mißbilligen, und da es offenbar ist, wie schwer und unbillig das Vorurtheil und Urtheil gewisser Geistlichen in Beziehung auf die gute Sache Gottes ist, der ich mich angeschlossen habe: so freue ich mich, zu den öffentlichen Erklärungen, welche die ausgezeichneten Zeugen der Wahrheit und treuen Hirten unserer Kirche, die Prediger von Labadie, Yvon und Dülignon, über unsern Glauben abgegeben haben, auch meiner-

---

*) Wir notiren nur in Anmerkung, daß die Eukleria nicht nur eine Anti-Eukleria von Joh. Jac. Drechsler zu Halle hervorrief, sondern auch eine Menge größerer und kleinerer Gegenschriften, die gegen einzelne Sätze der Eukleria polemisirten. Namentlich ist gegen den Bannfluch, den Anna gegen alle Wissenschaften in der Eukleria geschleudert — haben soll, viel geschrieben worden, am besten und gelegensten von Prof. Jac. Thomasius in Halle 1678; wir vermögen von einem solchen Bannfluch in der Eukleria nichts zu entdecken; Anna verurtheilt die Wissenschaft nur bedingungsweise, insofern sie sich nämlich in den Dienst der Eitelkeit und Ruhmsucht stellt.

seits eine Schrift hinzufügen zu können, welche sich mit den ihrigen nahe berührt." „Ich begnüge mich," so schließt die Eukleria, „nochmals mit herzlicher Freude zu bezeugen, daß meine Erwählung des besten Theils mich nie gereut hat, und der göttlichen Gnade für den glücklichen Ausgang, welchen sie meiner Thorheit gewährt hat, von ganzem Herzen zu danken und dabei zu wiederholen, daß Christus diese Erwählung so sehr gesegnet hat, daß ich nach und nach den Werth dieser über alles köstlichen Perle im Evangelio, die Er selbst ist, durch die Gemeinschaft der Heiligen und diese geistliche Seelenführung so völlig kennen gelernt, daß ich, um sie zu kaufen, Alles, was ich hatte, verkauft, das heißt alle Eitelkeiten der Geschöpfe verachtet habe, und sie auch jetzt durch seine ganz besondere Gnade völlig besitze. Verkaufen aber würde ich sie nicht für alle Reiche der Welt, für alle ihre Herrlichkeit, alle ihre Schätze und Wollüste und Freuden, alle Ergötzungen und Ehren der höchsten Gelehrsamkeit, alles Lob der Tugend, ja nicht für Himmel und Erde, da, mit David zu reden, der Herr mein Gut und mein Theil geworden ist und mein Erbtheil aufbewahrt. Ihm sei Ehre in alle Ewigkeit!"

Daß die Eukleria ein labadistisches Buch ist, bezeugt noch mehr ihre ganze Anlage und Eintheilung. Der erste Theil der Eukleria zählt folgende neun Kapitel: 1. Die allgemeine und rechte Erklärung meines gegenwärtigen und meines ehemaligen Zustandes. 2. Besonderer Abriß meines früheren Lebens von meinen Jugendjahren an, in denen ich der Gottseligkeit nachjagte und die Elemente der Sprachen, Künste und Wissenschaften zu lernen beflissen war. 3. Von den menschlichen Wissenschaften und dem ungeheuchelten Urtheil, das ich einst über dieselben hatte und das ich nun habe und hege. 4. Von der christlichen Gottesgelahrtheit, von dem Gesetz und Evangelium, von meiner früheren Frömmigkeit und deren Uebungen, besonders aber vom Sabbath und eine Beleuchtung der früher von mir geübten, fast jüdischen Sabbathsfeier. 5. Von der evangelischen Kirche und andern von ihr sich unterscheidenden Denominationen, und auf wie wunderbarem und heimlichem Wege mich Gottes Vorsehung zur wahren evangelischen Gemeinde geführt hat. 6. Der Faden der Geschichte meines früheren Lebens wird wieder aufgenommen und die Thür zu meinem gegenwärtigen Zustand geöffnet. 7. Von meiner Uebersiedelung nach Amsterdam und meinem engeren Anschluß an die dort erstehende reinere Kirche; auch Erzählung einiger Besonderheiten, die bei der ersten Versammlung dort vorfielen. 8. Unser Scheiden von Amsterdam, unsre Reise nach Herford, unsre Ankunft daselbst, unser Verbleiben dort, unser Umzug in ein Landhaus der Prinzessin. 9. Unsre Ankunft in der königlich dänischen Stadt Altona und unsre Niederlassung in dieser Stadt. Der zweite Theil der Eukleria ist in sieben Kapitel getheilt, die folgende Ueberschriften tragen: 1. Es wird gehandelt von der Fortsetzung meiner Eukleria und von der göttlichen Güte gegen unsre Kirche bis zum seligen Heimgang des Knechtes Gottes Labadie. 2. Was bis zu unserer Abreise von Altona sich zugetragen hat. 3. Unsre Reise nach Friesland und was in Friesland unsrer Kirche begegnete, mit einigen Einschaltungen über Glaube und Liebe. 4. Ueber verschiedene Meinungen Anderer, die der unsrigen dermalen entgegengesetzt sind. Ueber die göttliche Erwählung und die wirksame Gnade wider ihre Gegner. 5. Antwort auf einen Brief der Antoinette Bourignon in Betreff der Genugthuung Jesu Christi und der göttlichen Erwählung. 6. Antwort auf die Dissertation eines gewissen Baccalaureus, die dieser gegen meine Eukleria geschrieben hat. 7. Die Ursachen des Streites zwischen Dr. Boetius und uns.

Diese sechzehn Kapitelüberschriften lehren, daß die Eukleria zweierlei zugleich ist, eine Selbstbiographie und Selbstkritik Anna's in der Weise der augustinischen Confessionen und eine Vertheibigung Labadie's und des Labadismus; sie lassen auch ahnen, daß sich in dem Buche Vieles finden wird, was für Christen der augsburgischen Confession nicht recht genießbar ist. In ihrer Selbstkritik beschaut sie ihr vergangenes Leben ganz und gar im Lichte des Labadismus, und da erscheint ihr Vieles als kindisch und thöricht, was ihr früher eine große und geliebte Sache war. Allein nichts destoweniger ist diese Blume aus dem kleinen Garten des Labadismus zugleich doch auch eine der lieblichsten Blumen aus dem großen Garten der evangelischen Christenheit überhaupt. In vieler Beziehung erinnert die Eukleria an das goldene Buch von Thomas von Kempis, die Nachfolge Christi, welches, trotzdem es vielfach „nach Rom riecht," doch eine Fülle der herrlichsten evangelischen Wahrheiten, Mahnungen und Tröstungen enthält. Wir geben dem geneigten Leser zur Entschädigung für die, wenn auch nöthigen, so doch in sich selbst trockenen Auseinandersetzungen, die wir bis hieher über die Eukleria machten, einige der labenden Tropfen aus den stillen Wassern der Eukleria:

Ein Characterbild Jesu Christi schreiben, heißt, die Sonne mit einer Kohle abmalen. — Mir hat immer jener alte Ausspruch gefallen, daß, wessen Leben ein Blitz ist, dessen Worte Donnerworte sind, und desgleichen das Verslein: Die uns gute Lehren lehren, sind zu ehren; mehr zu ehren sind, die üben, was sie lehren. — Wo es die Religion gilt, das Recht und den Ruhm der göttlichen Majestät, wo es sich um die Verehrung und Nachfolge Christi handelt, da haben Fleisch und Blut nicht mitzusprechen; denn die Vernunft und die fleischliche Weisheit versteht und faßt die Dinge des Reiches Gottes nicht; in Beziehung auf diese Dinge kann es keinen schlechteren Rathgeber geben, als die Liebe zu sich selbst. — Es ist keine Frage, daß unter die guten Gaben Gottes auch die künstlerische Genialität und die Künste selbst zu rechnen sind, welche dem Geiste Gottes selbst als ihrem Urheber zugeschrieben werden 2. Mose 31, wo Bezaleel und Ahaliab als Männer bezeichnet werden, die der Geist Gottes mit Weisheit und allerlei Kunst erfüllt hat. Zuweilen wenn ich in meinen Jugendjahren Blumen und Thierlein malte, war mein Geist ebenso sehr mit himmlischen Gedanken beschäftigt, als meine Hand mit dem irdischen Werk. — Das beste Abbild des Lebens Christi ist das Leben des Christen, aber ich habe dies Bild selten gefunden. Aus unreinem Gefäß läßt sich kein reiner Trank schöpfen; die reinsten Worte, wenn sie durch den Mund unbekehrter Leute kommen, sind nicht mit Sicherheit für lebendiges Wasser zu halten. — Es ist umsonst, durch grammatische Erklärung den tiefsten Sinn der Bibel ergründen zu wollen; der heilige Geist muß der Ausleger sein. Mit einem frommen Herzen kann man die Bibel auch aus der schlechtesten Uebersetzung besser verstehen, als mit einem unfrommen aus den gelehrtesten Interpretationen der theologischen Kunst. — Das geringste Gefühl für die Liebe Gottes öffnet die heilige Schrift weiter, als die größte Gelehrsamkeit. — Es ist für mich ein unsterbliches Wort, das Wort des gelehrten Rivet, der auf seinem Sterbelager sprach: Herr, du bist der große Lehrer der Geister; du hast in diesen zehn Tagen, da du mich mit Krankheit heimgesucht hast, mich mehr Theologie gelehrt, als ich in den verflossenen fünfzig Jahren gelernt habe! — Es fällt mir nicht ein, alle Wissenschaft und Kunst unterschiedlos zu verdammen oder zu leugnen, daß dem Reinen auch Wissenschaft und Kunst rein sind. Aber wie denen, die Gott lieben, alle Dinge zum Besten dienen, so dienen denen, die Gott nicht lieben, alle Dinge zum Bösen. Daher kommt es, daß Weltmenschen, die kein Glaubensauge haben und Gott nicht in seinem Lichte sehen und nicht von der Liebe Gottes gelehrt sind, aus allen Wissenschaften und selbst aus der heiligen Schrift für sich und Andere einen Geruch des Todes zum Tode erzeugen. — Gott offenbart nicht Allen und nicht Alles zu aller Zeit. — Die Handlungen des Christen sind nicht nach dem, was er thut, sondern nach dem, wie er's thut, abzuschätzen. — Nach seiner väterlichen und göttlichen Güte tränkt der Herr auch das bitterste Kreuz, das er je und wann den Seinen auferlegt, dermaßen mit dem süßen Oele seines geliebten Willens, daß die Dornen oder Nägel desselben sofort ihre Spitze verlieren. —

Paulus schreibt Römer 12, 5: Also sind wir viele Ein Leib in Christo, aber unter einander ist einer des andern Glied. Es ist natürlich, daß Jemand Schmerz fühlt, wenn ihm sein Fuß oder Arm oder Finger abgeschnitten wird; aber wenn der ganze Leib Gotte zum Opfer begeben und vereinigt ist, dann kommt es uns nicht zu, daß wir ein Glied desselben als unser eigenes gegen den Willen des Hauptes zu behalten begehren, zumal es jedem einzelnen Gliede gut und allen wünschenswerth ist, so nah als möglich mit ihrem Haupte vereinigt zu werden. —

Darum ist der ewige und eingeborne Sohn Gottes Mensch geworden in der Zeit; darum hat der Gott der Herrlichkeit Knechtsgestalt angenommen und sich selbst geäußert, allem Ungemach und aller Schmach des menschlichen Lebens sich unterworfen und sich gar erniedrigt bis zum Tode am Kreuz; darum ist er auferstanden von den Todten und hat nach Vollendung des Werkes der Erlösung noch vierzig Tage auf Erden sich hier und da gezeigt und ist darnach im Triumph gen Himmel gefahren: auf daß er von dort den heiligen Geist und seine Gaben den Menschen mittheilte und sich ein neues und eigenes Volk erwürbe eifrig zu guten Werken. Aus der Erhabenheit und Göttlichkeit der Ursachen muß man die Wirkungen beurtheilen, und ein Glied darf nicht für etwas Nichtiges und Geringes gehalten werden, noch viel weniger der Leib Christi, von dem der heilige Petrus erklärt, daß derselbe seiner göttlichen Natur theilhaftig ist. —

Auf das entschiedenste muß ich mich gegen den Hochmuth und die Einbildungen derer erklären, welche in Anbetracht dessen, was die heilige Schrift von der glorreichen Offenbarung des Reiches Christi am Ende der Tage Herrliches weissagt, die demüthigende und bekehrende Gnade und die Tugenden des inwendigen Christenthums versäumen und nach dem Höheren, wie sie sich dünken lassen, und Außerordentlichen strebend, jene äußere Pracht und Herrlichkeit über Alles erheben, uneingedenk, daß die Schönheit und Herrlichkeit der Braut Christi zu allererst eine inwendige ist. Diese Leute merken nicht, wie sehr sie das Reich Christi und sein inneres Wesen selbst versäumen, wenn sie so voreilig nach seinem Glanze oder vielmehr nach dem Schatten desselben aussehen und sich nicht bedenken, ihr eitles Tichten und Denken dem Glauben, der Liebe, dem Frieden und der Freude im heiligen Geist voranzustellen. Ich bin gewiß, daß Alles, was von äußerer Schönheit und äußerem Glanz göttlich und der Kirche Christi eigen ist, aus ihrem inneren und neuen Leben hervorgehn muß, und aus dem Quell der Gnade und der christlichen Tugenden, in denen Christus sich durch seinen Geist mittheilt, in der That hervorströmt. —

Gottes unfehlbares Wort und die eigene Erfahrung hat mich gelehrt, daß man nicht laufen muß, wenn Gott nicht sendet, und daß die Bekehrung der Seelen nicht der Menschen Werk ist, ob sie auch mit Engelzungen reden könnten, wenn nicht Gott zugleich in das Herz des Redenden und des Hörenden durch den heiligen Geist seine Liebe ergießt. Die Knechte Christi schämen sich des Evangelii nicht, denn es ist eine Kraft Gottes, die da selig macht Alle, aber nur Alle, die daran glauben. Der Glaube aber ist nicht Jedermanns Ding. —

Der Heiland sagt Luc. 17: „Das Reich Gottes kommt

nicht mit äußerlichen Geberden." Es hat dieses Reich seine verschiedenen Perioden und Epochen, Verborgenheit und Klarheit wechseln. Johannes der Täufer war dreißig Jahre verborgen, darnach trat er in die Oeffentlichkeit. Ja unser Heiland selbst, der als die Sonne der Gerechtigkeit wohl an einem einzigen Tage den ganzen Erdkreis hätte überstrahlen können, hat auch dreißig Jahre lang ein verborgenes Privat=leben geführt, ehe er sein öffentliches Amt antrat. Und nach=dem er drei oder vier Jahre mit wunderbarem und göttlichem Eifer und Glanz auf dem Schauplatze der Welt öffentlich ge=wirkt, das Evangelium vom Himmelreich mit seinen göttlichen Lippen verkündigt und mit großartigen und erstaunlichen Wohl=thaten und Wundern bekräftigt hatte, wollte er gleichsam sterbend untergehen und die Erwartung und Hoffnung der Seinigen auf sein herrliches Reich nicht ganz, aber fast ganz zu Schanden machen. Wir sehen das aus dem lieblichen Gespräch der beiden Jünger von Emmaus mit dem auferstandenen Sohne Gottes, in welchem Kleophas, nachdem er von den Thaten und Worten des Heilandes berichtet hat, hinzufügt: „Wir aber hofften, er sollte Israel erlösen." Der Glaube der Gläubigen flackerte also nur noch, aber Christus stärkte ihn sofort wieder durch seine göttliche Predigt und entzündete in ihren Herzen das Feuer seiner Liebe; es waren das die ordnungsmäßigen Gaben seiner Gnade, die beides giebt, Erkenntniß des Kreuzes zuvor und der Herrlichkeit darnach und Liebe zum Kreuze zuvor und zur Herr=lichkeit darnach. Wie aber ging es weiter in der Kirche des Herrn? Hundert und zwanzig Christen waren in einem Hause verborgen, und es war an ihnen so lange nichts Herrliches zu sehen, als der heilige Geist noch nicht auf sie ergossen war. Sobald aber der heilige Geist sich ergoß, wurden einige Tau=sende zu Christo bekehrt und zeigten einigermaßen, warum jene heilsame Gnade Gottes allen Menschen geleuchtet hatte und warum jener große Gott und unser Heiland Jesus Christus sich selber gegeben hatte, nämlich daß er uns erlösete von aller Ungerechtigkeit und reinigte ihm selbst ein Volk zum Eigenthum, das fleißig wäre zu guten Werken. Das sind die wunderbaren und anbetungswürdigen Wege unsers Gottes, darinnen die Gerechten wandeln, aber die Uebertreter fallen darinnen. —

Paulus schreibt Philipp. 4: „Ich vermag Alles durch den, der mich mächtig macht." Während ich früher von den verschiedensten Bestrebungen, Vieles zu wissen und Vieles zu thun, hin und her getrieben wurde, so daß ich meinte, nirgends stehen bleiben zu können; so begehre ich jetzt nichts mehr zu wissen, als was mir Gott durch sein Wort, durch seinen Geist und durch seine Vorsehung kund thun will; ich wünsche jetzt nichts zu sein oder zu besitzen oder zu thun, als was Gott will, daß ich sei und habe und thue: ich wünsche auch (das erscheint am schwersten) nichts, das Gott mir zu leiden bestimmt, nicht zu leiden. —

Wenn weiland Cicero nicht mit Unrecht urtheilte, daß die Freundschaft ein großes Gut sei, ja so weit ging zu behaupten, daß der die Sonne aus der Welt nehme, der die Freundschaft aus diesem Leben nehme, und wenn er die wundervolle Definition gab, daß die Freundschaft die mit Wohlwollen verknüpfte Uebereinstimmung in allen göttlichen und menschlichen Sachen sei: dann bin ich ohne Zweifel sehr glücklich zu schätzen, da in unserm Hause die christliche Freundschaft, welche allein die wahre Freundschaft ist, wie die Sonne Alle erleuchtet und belebt. —

Wir wissen und erfahren, daß es das Loos der Christen ist, inwendig Christi Kreuz zu tragen, nämlich den Geist, der da tödtet unsern eigenen Geist und unsere Eigenliebe und Alles, was sonst vom alten Menschen in uns übrig ist, ohne Unterlaß in uns kreuzigt. Wir wissen ferner, daß es für alle Christen auch ein äußerliches Kreuz giebt, das sie, wo es sein soll und Gott es ihnen auferlegt, mit ihrem Herzen ehrlich umfassen müssen, damit sie ihrer Berufung, der Wahrheit selbst und dem Geiste des Herrn treu entsprechen; denn wer sein Leben, und was geringer ist als das Leben, mehr liebt als Christum, ist seiner nicht werth. Endlich gehört auch das zum wahren Christenthum, nicht nur zu allen Leiden bereit zu sein, sondern dieselben auch thatsächlich auf sich zu nehmen und auf den Wegen, die man zuvor durch das Licht der Wahrheit und des göttlichen Wortes erkannt, durch die Leiden vielmehr gestärkt zu werden und vorwärts zu gehen, als sich zum Weichen oder Zögern bringen zu lassen. Das sind die drei Arten, in denen das Kreuz Christi in der Christenheit vorkommt. —

Gott preiset seine Liebe gegen uns, daß Christus für uns gestorben ist, da wir noch Sünder waren, auf daß wir gerecht würden durch sein Blut. Was kann die Herzen der Gläubigen mit stärkerem Feuer der Liebe Christi erfüllen, als dieser immerwährende Gedanke, daß Er die Aengste und Schmerzen der Hölle um unserer Erlösung willen auf sich genommen und die Pfeile des göttlichen Zornes, welche unseren Herzen drohten und unter denen wir erlegen wären, mit seinem Herzen für uns aufgefangen hat, damit er uns mit dem Vater versöhnte? Aber dieser Gedanke paßt den Weltleuten nicht, so lange sie Weltleute bleiben. Köstlich und sehr süß ist er nur denen, die die schwere Last ihrer Sünden fühlen, die da erkennen, daß sie von Natur Kinder des Zornes sind und ohne eigene Kraft, vom Tode zu erstehen und das Recht des ewigen Lebens sich zu verdienen. Sie, sie schöpfen demüthigen und gelehrigen Geistes mit großer Begierde die Wasser des Heils aus den evangelischen Quellen, aus denen sie lauterlich rinnen, und genießen in ihnen die Kraft und Süßigkeit des Blutes Christi und seines Geistes, der die Seelen erquickt. —

Mit diesen Sätzen, die die Rechtfertigung eines armen

Sünders durch Christi Blut als des Christen köstlichsten Trost
so klar und schön bezeugen, schließen wir unsere Blumenlese aus
der Eukleria und bitten, daß man von dem Blumenstrauße auf
den Blumengarten schließen wolle.

Neuntes Kapitel.
Anna's Lebensabend.

Die Niederländer haben ein Sprüchwort: Osten oder Westen,
daheim ist's am besten. Die niederländische Pilgergemeinde
hatte nur im Osten den Versuch gemacht, eine bessere Bleibstätte
zu suchen, als sie die Heimath zu bieten schien, im Westen hat
sie keine Proben mehr angestellt; sondern sie ist, nachdem sie an
zwei Stätten des Ostens, in den deutschen Städten Herford
und Altona, ungefähr fünf Jahre gelebt hatte, froh gewesen,
als sie ihren Pilgerstab wieder heimwärts setzen konnte. Grade
als der Aufenthalt in Altona durch die kriegerische Spannung,
in welche Schweden und Dänemark kamen, anfing gefährlich zu
werden, und die Gemeinde schon halb und halb entschlossen war,
sich auf das nahe hamburgische Gebiet zu flüchten, that der Herr
den Pilgern eine Thür im heimathlichen Niederland auf, und
sie zögerten keinen Augenblick, die offene Thür zu benützen.

Unter den weiblichen Gliedern der Gemeinde, die von
Amsterdam nach Herford und Altona mitgezogen waren, befan=
den sich drei reiche, adlige Schwestern, Anna, Maria und
Lucie von Sommelsdyk aus Friesland. Lucie war Laba=
die's Gattin geworden und war nun seine Wittwe; Yvon hatte
sich nach dem Tode seiner ersten Frau mit einer der beiden
anderen Schwestern verheirathet. Der Bruder dieser drei
Schwestern, Cornelius von Sommelsdyk, der später

Eigenthümer der niederländischen Colonie Surinam zu einem Drittheile und zugleich ihr Gouverneur ward und im Jahre 1688 dort von aufrührerischen Soldaten ermordet wurde, schloß im Jahre 1675 mit seinen Schwestern einen Erbtheilungsvertrag, worin er ihnen das große und wohlbefestigte Burgschloß Thetinga oder Waltha, an der Nordostseite des Dorfes Wiewerd unweit Leeuwarden im niederländischen Friesland gelegen, erb- und eigenthümlich überließ. Da in der labadistischen Gemeinde vollständige Gütergemeinschaft herrschte, so kam durch diesen Vertrag das schöne und reiche Sommelsdykische Erbe in den Besitz der Gemeinde, und sie trat denn auch, sobald es nur ging, in den Besitz ein. Dreimal stärker, als sie vor fünf Jahren ausgezogen war, nämlich 162 Seelen zählend, schlug sie den Rückweg in die Heimath ein. Von den besten Wünschen der ihnen völlig befreundet gewordenen Altonaer begleitet, zogen diese 162 stillen und frommen Menschen im Mai des Jahres 1675 aus Altona und ließen sich, Gott preisend, in dem großen friesischen Schlosse und seiner Umgebung nieder; sie gaben sich nun den Namen: „Die von der Welt abgeschiedene und gegenwärtig zu Wiewerd in Friesland versammelte reformirte Gemeinde." Die Gemeinde hat hier bestanden bis zum Jahre 1732, wo der letzte Labadist, Konrad Bosmann, ein Freund Tersteegen's, Wiewerd verließ.

In Wiewerd hat der Labadismus anfangs und so lange Anna lebte, goldene Tage gehabt. Nachdem der nunmehrige Leiter der Gemeinde, der Prediger Yvon, vor einer von den niederländischen Ständen und der kirchlichen Synode ernannten Kommission befriedigende Verantwortung über das Leben und Treiben der Seinen gegeben, blieb die Gemeinde wenigstens von Seiten der staatlichen Behörden unangefochten, ja erlangte sogar gleiche bürgerliche Rechte wie die Landeskirche, durfte ihre gottesdienstlichen Versammlungen durch Glocken einläuten. Eben einsegnen u. s. w. Unter der besonnenen Leitung Yvon's wuchs das innere Leben; alle gottesdienstlichen Ansprachen und Uebungen hatten das eine Ziel, den eignen Willen zu brechen, und „der Kopf muß ab" wurde zum Sprüchwort in Wiewerd. Auch äußerlich wuchs die Gemeinde, die Zahl der Gemeindeglieder stieg bis auf 500; eine Zeit lang befand sich unter ihnen auch Fräulein von Morian, die spätere Gemahlin des preußischen Ministers und Kanzlers Dankelmann. Es entstanden selbst eine Zeit lang Filiale in der Nachbarschaft, ja sogar ein Filial jenseit des Oceans, in Surinam. Die Brüder und Schwestern beteten, als ob alles Arbeiten nichts hülfe, aber sie arbeiteten auch, als ob alles Beten nichts hülfe; die Schwestern — arbeiteten selbst in den gottesdienstlichen Versammlungen. Anna von Schürmann hat die wunderliche Sache ausführlich vertheidigt, daß das Stricken und Nähen der Frauen in der Kirche nicht wider die Andacht sei; „die körperlichen und Hand=Arbeiten," sagt sie in der Eukleria, „sollen nicht unterlassen, sondern nur zu jeder Zeit geheiligt werden," und an einer anderen Stelle: „Die Christen haben einen immerwährenden Sabbath, der sich nicht auf einen bestimmten Tag einschränken läßt; ihr Gottesdienst kann und muß stets mit ihren Arbeiten verbunden werden." Anna verwechselt, wie das eben in dem System des Labadismus lag, die alte Erde mit der neuen Erde und zieht den Sabbathismus, der noch vorhanden ist dem Volke Gottes, in die gegenwärtigen Zustände hinein und löst damit das Sabbathsgebot in etwa auf. In geläuterter Form begegnen uns Anna's Sabbathsgedanken in dem schönen Verschen von Tersteegen: „Ich suchte vormals Ort und Zeit zum Beten und zur Einsamkeit; jetzt bet' ich stets in meinem Sinn, jetzt bin ich einsam, wo ich bin."

Ob Anna selbst gethan hat, was sie vertheidigt, ob auch sie während der gottesdienstlichen Andacht Handarbeit getrieben hat, wir wissen es nicht. Aber wir wissen, daß sie, soviel es ihr Alter und ihre sich steigernde Krankheit erlaubte, der geliebten Gemeinde mit den ihr anvertrauten Gaben bis an ihr Ende gedient hat. Kamen angesehene Fremde nach Wiewerd, um die Zustände der Labadisten zu erforschen, so war es nächst Yvon immer Anna, die bereit war zur Verantwortung und die Verantwortung am besten und gründlichsten gab. Als einmal auch William Penn, der berühmte Quäker, mit seinen Genossen Fox, Barclay und Keith Wiewerd besuchte, vertheidigte Anna ihre und der Ihrigen Trennung von der verweltlichten Kirche mit so warmer Beredsamkeit und so ergreifendem Ernst, daß die frommen Engländer auf's tiefste gerührt wurden. Penn gewann eine große Liebe und Verehrung für die greise Matrone und ihre Freunde, tadelte aber, und mit Recht, daß die labadistischen Prediger die Leute zu sehr zu sich bekehrten, statt nach dem Worte Johannis des Täufers zu handeln: Christus muß wachsen, ich aber muß abnehmen. Anna freilich hatte sich viel zu sehr in die Anschauung Labadie's hineingelebt, als daß sie Penn's brüderlichen Vorwurf hätte begründet finden können; sie wünschte im Gegentheil nichts sehnlicher, als daß Yvon und die ihn im Lehramt unterstützten noch recht Viele von denen, die noch draußen waren, in ihre Gemeinschaft hineinzögen. „Es würde," so drückt sie sich einmal in der Eukleria aus, „recht traurig für uns sein, daß wir nicht mehrere Gemeinden kennen, welche Töchter und Nachfolgerinnen der wahren Mutter genannt werden können, wenn wir nicht die bestimmte Zeit geduldig erwarten zu müssen glaubten." Sie selbst suchte, so lange sie die Feder führen konnte, und das konnte sie trotz aller Leibesschwachheit bis in die letzten Tage ihres Lebens, die Liebe zur labadistischen Sache bei Anderen anzuzünden und zu entflammen. Auch mit alten Freunden der Gemeinde unterhielt sie fleißig die briefliche Gemeinschaft, so namentlich mit der Prinzessin Elisabeth in Herford; diese ihre letzten Briefe sind gesammelt und mehrfach in Druck erschienen; sie bezeugen beides, sowohl daß Anna's Geist frisch und klar geblieben ist bis in die späteste Zeit ihres Lebens, als auch daß Anna's Seele für den Labadismus gekämpft und geworben hat bis an den Tod.

Die Gemeinde hatte von ihrer Gründung an wie in Labadie ihren geistlichen „Vater", so in Anna ihre geistliche „Mutter" verehrt. In Herford schon hieß sie bei den Labadisten allgemein „die Mama", und dieser Titel verblieb ihr auch in Altona und in Wiewerd. Sie hatte Sitz und Stimme in der Vorsteher-Versammlung, und ihr Wort ward von Allen in Ehren gehalten. Nach außen hin war sie ohne alle Frage der Gemeinde strahlendste Zierde. Wenn irgend einmal die große Welt von der kleinen Labadistenschaar Notiz nahm, so geschah es, weil die berühmte Jungfrau von Utrecht Labadistin geworden war.

In den allerletzten Jahren ihres Lebens ist Anna eine große Kreuzträgerin gewesen; sie hatte durch Gicht und Steinschmerzen Unsägliches zu leiden und war oft Tage und Wochen lang an das Krankenlager gebunden. Aber wie in unsern Tagen Adolf Monod's Krankenstube eine Predigthalle ward, in welcher der Geist des Herrn Manna vom Himmel in Fülle regnen ließ, so war auch damals Anna's Krankenkammer eine Stätte der reichsten Erbauung; ganze Geduld und volle Hingabe an den Herrn waren die himmlischen Lektionen, die Anna schweigend oder Gott preisend lehrte. So oft es ihr Zustand irgend gestattete, ließ sie sich in die Kirche tragen und nahm Theil an der gemeinschaftlichen Erbauung. Wenige Tage vor ihrem Tode noch war ihr diese Freude beschieden gewesen und sie hatte davon gesagt: „Diese Frucht pflücke ich durch Gottes Barmherzigkeit von der Predigt des Evangeliums, daß ich mehr als jemals ganz dem Herrn gehören will und nur noch zur Verherrlichung Jesu Christi zu leben wünsche."

Es war am Tage nach der letzten Gemeindeversammlung, der sie beigewohnt hatte. Die alten Schmerzen verdoppelten und verdreifachten sich, und sie erkannte, daß die Stunde ihres Heimgangs nahe. Bleich und abgezehrt lag sie auf ihrem Bette, aber fröhlichen Herzens sagte sie, als die Schmerzen einmal eine Pause machten, zu den Umstehenden: „Nun bin ich der Ewigkeit einen Schritt näher gekommen; gefällt es meinem Herrn, meine Schmerzen zu verdoppeln, so will ich mich doch freuen mit großer Freude. Gottes Wille ist mein Alles. Ich folge meinem Gotte, Er wird aus seinem Himmel mir noch ein größeres Feuer senden, daß es mich ganz verbrenne. Wie wohl ist mir in Gottes Händen, wie wohl inmitten seiner Kinder! Doch noch viel wohler wird mir sein, wenn ich der vollen und vollkommenen Gemeinschaft Gottes unter seinen seligen Kindern im Himmel genießen werde. Nichts betrübt mich, als zuweilen die Erinnerung an meine Sünden. Ich habe nichts, was ich in dieser Welt noch wünschen könnte, so gütig handelt Gott mit mir. Wie gut ist die Hand des Herrn!" Die Schmerzen stellten sich auf's neue ein und ihr ganzer Leib erzitterte. Aber ihre Seele blieb fröhlich. „Nun werd' ich bald im Hafen sein, sagte sie; ich warte nur noch auf einen heftigeren Wind, daß er mich ganz in's Vaterland trage."

Es war im Jahre 1678*) am vierten Mai, an dem

---

*) Ein Künstler-Lexikon läßt Anna von Schürmann schon mit 33 Jahren sterben, also im Jahre 1640! Andere geben das Jahr 1679, noch Andere das Jahr 1668 als ihr Todesjahr an. Max Göbel verlegt ihr Hinscheiden auf den 5. Mai. Eine acht Tage nach Anna's Tode an die Prinzessin Elisabeth von Wiewerd aus abgesandte Anzeige des Todes Anna's, abgedruckt hinter dem zweiten Theil der Eukleria in der Dessauer Ausgabe, macht es zweifellos gewiß, daß Anna am 4. Mai 1678 heimgegangen ist.

Tage, an dem weiland die fromme Monica, die Mutter des großen Kirchenvaters Augustinus, heimgegangen war. Anna lag auf ihrem Sterbebette, von den grimmigsten Schmerzen gefoltert; die Brüder und Schwestern standen theilnehmend an ihrem Lager. „Wieder ein Schritt zur Ewigkeit," jauchzte Anna, „nun nur noch einer, dann bin ich unter Gottes Leitung in der Heimath!" Als Einer der Umstehenden sagte, daß ihre Schmerzen Splitter von dem Kreuze des Erlösers wären, antwortete sie: „Ja wahrlich Splitter sind es, und zwar sehr winzige. Er selbst, der große, gute Heiland, giebt uns die Kräfte und die Tüchtigkeit zu leiden. Es giebt kein Opfer ohne Schmerzen. Wenn wir nicht litten, könnten wir nicht geopfert werden. Wie gütig ist Gott gegen uns, daß er uns etwas zu leiden giebt! Ich höre fortwährend eine Stimme in meinem Herzen, die mir zuruft: Du bist eine Christin, Du mußt leiden! Diese Stimme tröstet mich in meinen Martern; sie hält mich aufrecht, daß ich den Martern nicht erliege. O wie heilvoll ist's, mit Schweigen und Geduld Gottes zu harren! Der allgütige Vater handelt mit mir gar anders als mit seinem Knechte Hiob, den seine Freunde in seinem Schmerz sieben Tage lang stumm umstanden und darnach mit bitteren Worten plagten. Wie süß und trostvoll sind mir die Worte, die ihr mir sagt!" Einer der Freunde fragte sie, als die Nähe des Todes immer sichtbarer wurde, ob sie noch irgend etwas von ihnen begehre. Da gab Anna die wundervolle Antwort: „**Ich begehre nichts als meinen Gott selbst.**" Noch sagte ein Anderer mit bewegter Stimme: „Sei getrost, liebe Schwester, binnen wenigen Augenblicken gehst du in die Ewigkeit ein," da schlug Anna zum letzten Mal ihre Augen auf und antwortete vernehmlich: „In die Ewigkeit, in die Ewigkeit, sagte unser lieber Vater (sie meinte Labadie)" ... Das war ihr letztes Wort auf Erden; eine halbe Stunde später war sie in die Ewigkeit eingegangen.

So ist Anna von Schürmann gestorben, nicht „von Jedermann verlassen, in vollkommener Einsamkeit," wie Ernst von Münch behauptet, noch viel weniger „in einem Zustande voll Verzweiflung," wie ein Geschichtschreiber der Quäker, Gerhard Croesius, zu behaupten gewagt hat und von Vielen leichtgläubig nachgesprochen und nachgeschrieben worden ist. Anna ist gestorben als 71jährige Greisin, inmitten liebender und geliebter Freunde, ihres Heils gewiß und dürstend nach dem Schauen Gottes. „Sie hat gekämpft und hat gesiegt," heißt es in einem Schreiben, das acht Tage nach ihrem Tode von Wiewerd nach Herford an die Prinzessin Elisabeth gesandt wurde; „nun triumphirt sie im Himmel und in den himmlischen Wohnungen der Seligen über alle Feinde, die sie in dieser Welt gehabt hat. Der Herr Jesus, dem sie in ihren Versuchungen und Anfechtungen Treue gehalten hat, beseligt sie nun aus Gnaden mit der Gabe des himmlischen Reichs. So lange sie mit uns auf Erden pilgerte, war ihr einziges Ziel und ihre einzige Lust der Ruhm des holdseligsten Heilandes, den sie nun mit aufgedecktem Angesicht schaut in seiner himmlischen Herrlichkeit."

Die Gemeinde zu Wiewerd beweinte den Verlust „ihrer Zierde und Krone" mit vielen Thränen. Nach ihrem letzten Willen bestatteten die Freunde die theure Leiche in höchster Einfachheit; es ward dieselbe in der Morgenfrühe eines Maitages still auf dem Kirchhof zu Wiewerd beigesetzt. Es war fast ein Jahrhundert vergangen, als man (im Jahre 1766) bei dem Oeffnen einer Gruft in der Kirche zu Wiewerd die wohlerhaltene Leiche einer Frau fand, die einbalsamirt und in ein prächtiges Todtenkleid gehüllt war. Sofort entstand die Sage im Lande, daß man die sterblichen Ueberreste des Fräuleins von Schürmann gefunden habe, und die Leute strömten von nah und fern nach Wiewerd wie zu einem katholischen Wallfahrtsort, an dem die Gebeine irgend eines Heiligen ausgestellt sind.

Die Gruft mußte geschlossen werden, um dem Zudrange der gelehrten und ungelehrten Neugierigen ein Ende zu machen. Es lebte damals noch ein einziger Sproß der Schürmannschen Familie, ein Urenkel des Bruders von Anna's Vater, der Doctor beider Rechte und Kanonikus vom St. Marienkapitel zu Utrecht, Abraham Friedrich von Schürmann, mit welchem im Jahre 1783 das Schürmannsche Geschlecht ausstarb. Dieser stellte die sorgfältigsten Nachforschungen über Anna's Ruhestätte an, aus denen hervorging, daß Anna gemäß ihren eigenen Wünschen unter der Kirchenmauer zu Wiewerd begraben ist mit dem Kopfe auf dem Kirchhof außerhalb der Kirche, das Angesicht nach Osten.

Anna's Grab ist längst verfallen, ihr Gedächtniß unter den Gelehrten ist nicht ganz verfallen. Daß ihr Gedächtniß auch unter den Christen nicht ganz verfalle, vielmehr erneuert werde, dazu möchte dieses Buch seines bescheidenen Theils in etwa beitragen.

Ein Monument von Stein und Erz, wie es Wilhelm der Schweiger, wie es Vondel gefunden, hat Anna Maria von Schürmann nicht erhalten. Aber im Jahre 1732, vierundfünfzig Jahre nach ihrem Tode, hat ihr ein armer Buchdrucker in der Stadt Groningen ein Denkmal gesetzt, das schöner ist als eins von Erz oder Stein, damit, daß er ihre letzten frommen Gedichte, die sie an ihrem Lebensabend zu Wiewerd ihrem Gott und Heiland gesungen, der Vergessenheit entriß und herausgab. Wir theilen aus dieser Sammlung Anna's allerletztes Gedicht in freier Uebertragung mit:

Komm, Herr Jesu, meine Wonne.

Komm, Herr Jesu, meine Wonne,
Leuchte mir, Du Gnadensonne,
Und durch Deines Geistes Macht
Laß mich halten treue Wacht.

Kommt der Feind einhergezogen,
Laß mich mit gespanntem Bogen
Nicht von meinem Posten gehn,
Allem Angriff widerstehn.

Will die Lust von Fleisch und Sinnen
Mit dem Feind Verrath anspinnen,
Hilf mir, in der eignen Brust
Zu ertödten Sünd' und Lust.
Mit Dir will das Schwert ich zücken,
Mit Dir muß der Kampf mir glücken.
Ist der Feind auch noch so nah,
Näher ist mein Jesus da.

Immer wenn in dunkeln Stunden
Meine Sünden mich verwunden,
Macht, o Herr, Dein theures Blut
Allen meinen Schaden gut.
Du hast Ueberfluß von Gaben,
Um ein krankes Herz zu laben;
Und Dein werther heil'ger Geist
Stillt die Seele allermeist.

Dich im Auge zu behalten
Unter Deines Geistes Walten,
Lehre, heil'ger Lehrer, mich
Durch den Geist tief innerlich,
Daß in Deines Lebens Züge
Täglich ich die Seele füge
Und zu Deiner Liebe Ruhm
Lebe als Dein Eigenthum.

Dann wird, Herr, mein ganzes Leben
Glanz von Deinem Glanze geben,
Jeder Tag ein Tag des Herrn,
Jede Nacht mit Stern an Stern.

Dann wird sich an Dir, dem Treuen,
Freier stets mein Herz erfreuen,
Und durch Kreuz und Sorgenstein
Dringt mein Glaube tiefer ein.

Wohl bleibt meine arme Seele
Bis zum Sterben voller Fehle,
Doch darum wird ihr nicht gram
Der geliebte Bräutigam.
Er übt gegen ihre Schulden
Sein barmherziges Gedulden,
Und mit seinem Geist und Wort
Fegt er ihre Schwachheit fort.

Heil'ger Christ, Dein frommes Leben
Hast Du mir zum Bild gegeben;
Gieße dieses Bildes Schein,
Meister, in mein Leben ein.
Laß mich meine Lebensreise
In dem heiligen Geleise
Deiner frommen Schritte thun,
Jesu, bis zum ew'gen Ruhn.

Anna von Schürmann hat längst erhalten, wonach sie sich sehnte, den Eingang in die ewige Ruhe. Ihrem Andenken auf Erden hat ihr Labadismus geschadet, und wenn die Einen sie als Engel gepriesen haben, so haben die Andern sie verketzert und verdammt. Der freundliche Leser wird, so hoffen wir, mit uns die Ueberzeugung gewonnen haben, daß Anna von Schürmann von Kindesbeinen an bis an ihr Lebensende eine gläubige Christin war, die, wunderbar begabt, je länger desto mehr ihre Gaben in den Dienst des Herrn stellte, die sich um ihrer Sünden willen vor dem Herrn demüthigte als eine arme Magd, die sich um der Gnade Christi willen vor dem Herrn freute als eine reiche Tochter Zions; daß sie Labadistin wurde aus keinem anderen Grunde, als weil sie gern eine immer bessere Christin werden wollte, und daß sie eine gute Christin geblieben ist auch trotz des Labadismus.

Möge denn das Bild der hochbegnadigten Jungfrau von Utrecht, die nicht nur eine vielseitige Gelehrte, nicht nur eine große Künstlerin, nicht nur die Mutter der Gemeinde von Wiewerd, sondern auch eine fromme Braut des Herrn war, in unserer Gallerie christlicher Frauenbilder auch ein Plätzlein finden. Unter dem Bilde Anna's aber möge ihre eigene Unterschrift stehen: Der am Kreuz ist meine Liebe.